SŁOŃ

Sławomir Mrożek

大　象

〔波兰〕斯瓦沃米尔·姆罗热克 著　茅银辉 易丽君 译

人民文学出版社
PEOPLE'S LITERATURE PUBLISHING HOUSE

著作权合同登记　图字 01-2021-1824

Słoń
by Sławomir Mrożek
Copyright © 1991 by Diogenes Verlag AG Zürich
Simplified Chinese edition copyright © Shanghai 99 Readers' Culture Co., Ltd., 2021
All rights reserved.

图书在版编目(CIP)数据

大象/(波)斯瓦沃米尔·姆罗热克著；茅银辉，
易丽君译.—北京：人民文学出版社，2021(2023.3重印)
(短经典精选)
ISBN 978-7-02-015943-7

Ⅰ.①大… Ⅱ.①斯… ②茅… ③易… Ⅲ.①短篇小
说-小说集-波兰-现代　Ⅳ.①I513.45

中国版本图书馆 CIP 数据核字(2019)第 298537 号

总　策　划　黄育海
责任编辑　朱卫净　何炜宏　李　翔

出版发行　人民文学出版社
社　　　址　北京市朝内大街 166 号
邮政编码　100705

印　　　刷　凸版艺彩(东莞)印刷有限公司
经　　　销　全国新华书店等

开　　　本　890 毫米×1194 毫米　1/32
印　　　张　7
字　　　数　130 千字
版　　　次　2017 年 8 月北京第 1 版
印　　　次　2023 年 3 月第 2 次印刷

书　　　号　978-7-02-015943-7
定　　　价　59.00 元

如有印装质量问题，请与本社图书销售中心调换。电话：010-65233595

SHORT CLASSICS
短经典精选

目 录

001 | 格言和箴言
004 | 大象
009 | 来自黑暗
012 | 命名日
017 | 我想当一匹马
019 | 安静的同事
022 | 孩子们
028 | 诉讼
033 | 天鹅
036 | 小矮人
041 | 狮子
045 | 关于神奇得救的寓言
048 | 独白
052 | 长颈鹿
058 | 教区神甫和消防乐队
063 | 遗憾

069	士兵纪念碑
073	时代背景
078	在抽屉里
081	事实
085	有关齐格蒙希的表白
089	鼓手的遭遇
094	"一人"合作社
099	培尔·金特
107	养老院的来信
110	最后的骠骑兵
115	矮种马
118	诗歌
123	一个公民的道路
128	叔叔讲的故事
136	神甫
140	当代生活
143	偶发事件
147	在旅途中
152	艺术
155	恋爱中的护林员
158	波兰的春天
163	午休
173	第五军团的退伍老兵

178	怀疑论者
180	围城记事
193	希望
200	野营
204	青年时代的回忆
213	译后记

格言和箴言

关于黑人：

"那里——那里。"这是向黑人问路时，我们得到的结结巴巴的回答。

受过良好教育（有文化）的土著不说"你是"（例如"你是白色"），而是说："您是"（例如"您是白种人"）。

黑人歌唱家唱歌时最经常用的是嘎哑的嗓音，那是由于糟糕的住房条件导致喉咙嘶哑的缘故。

关于社会：

扯不清又丢不开的事——鄂毕河畔的会议。

跑腿的小厮，当他老了——跑腿的老头儿。

后共产主义的口号："所有星球的人联合起来！"

关于植物群、动物群和整个大自然：

雪：粉状的水。

不是每个贝壳里都能听到海的声音。

"晚来只有骨头啃！"午餐时来晚了的狗发出一声欢叫。

地球拥有气球的形状。是谁把地球弄成了这种形状。

关于艺术：

小矮人——美术家喜爱的技巧：雕刻蘑菇。

文学家中的诨名："你这个草稿！"

老土农！刷牙！

关于人：

人心里老是想着这呀那呀，但最经常想的是这。

父亲——早先出生的人。

关于烹调：

难道按照纳喜莫夫的方法做的米馅肉饼不是更好吗？

关于卫生保健：

甚至眼镜里都有跳蚤。

关于历史：

阿提拉①——上帝之鞭。

关于超验：

自杀：如果有人不是把电话听筒而是将手枪放在自己的脑袋上。

上流社会人士，一旦死了，就是：地下社会人士。

已是幽灵的父亲谈到自己已是幽灵的儿子时带着赞扬的口吻说："这小子是真正的黄金骷髅头。"

失恋：恋尸癖找了个对象却在昏睡之中。

"因此这永远是……"这是到地狱走过一遭的人发出的叹息。

---

① 阿提拉（约406—453），古代欧亚大陆匈人最为人熟知的领袖和皇帝，曾征服几乎整个欧洲，史学家称之为"上帝之鞭"。

大　象

动物园的领导是个野心家。对他来说，园中的动物不过是自己往上爬的晋身之阶而已。至于他管辖的单位所具有的教育年轻人的应有职能，他一点都不在意。动物园里的长颈鹿脖子很短，獾没有自己的窝，旱獭对一切都漠不关心，极少叫唤。这些缺点不应该出现在动物园里，尤其是在这座经常有学校组织参观的动物园里。

这是一座省级动物园，但是连几种基本的动物都缺，例如大象。但他们饲养了三千只野兔，以此暂时顶替。然而随着我们国家的发展，动物园也要逐渐完善。终于轮到填补大象空缺的时候了。恰值七月二十二日[①]，动物园接到通知，大象的配给批文终于解决了。动物园那些全情投入此事的工作人员感到无比高兴。然而当他们得知动物园的总经理给华沙方面写了一封请愿书的消息时，感到

---

① 7月22日为波兰自1944年至1989年间的国庆日。

十分惊诧，这封请愿书拒绝了大象的配给，还阐述了如何用更加经济的手段获得大象的计划。

请愿书是这么写的："我和全体工作人员都意识到，饲养大象会给波兰矿工和炼钢工人带来巨大负担。我们想降低自己的成本，建议用'我们自己的大象'来替代批文配给的大象。我们可以用胶皮制作一头大象，仿照真大象的尺寸，内部充气，并用围栏将其围起来。这头'大象'在细节处理和描绘上也力求逼真，即使从近处审视都无法辨别真伪。让我们记住，大象是一种笨重的动物，不会进行任何跳跃和奔跑的动作，也不会打滚儿。我们还要在围栏边立一个牌子，说明这是一头非常愚笨的大象。由此省下来的钱可以用来制造一架新的喷气式飞机或者修复一批教堂古迹。请注意，这个创意以及本计划的制定都是我对我们共同事业和战斗的一点微薄献礼。此致敬礼！"下面还有签名。

这封请愿书显然到了一位尸位素餐的官员手上，这位官僚并不探究事情的本质，只是遵循节省成本的原则接受了这个计划。在得到肯定的批复后，动物园总经理就命人去制作巨大的橡皮皮囊，然后充上空气。

给大象充气的任务交到了两个看门人手上，他们从皮囊的两端分别往里充气。出于谨慎考虑，整个工作必须在当夜完成。城市的居民已经知道要来一头真的大象，都想先睹为快。此外，总经理也在催促施压,因为他期望获得一笔奖金,如果他的设想获得成功的话。

两位看门人把自己锁在工棚里,开始充气,这里是一个手工工作间。然而经过两个小时的努力,他们发现,灰色的皮囊只是在地面上凸起了并不明显的一点,形成了一个扁平的鼓包,根本看不出大象的样子。夜越来越深,喧嚣和嘈杂的人声也早已隐去,动物园里只飘荡着胡狼的嚎叫。两个筋疲力尽的人休息了片刻,还要提防着好不容易充进的那些气跑掉。他们都是上了年纪的人,并不习惯这样的体力活。

"要是这样,我们恐怕得天亮才能完成,"其中一人对同伴说,"到家之后,我该怎么跟老婆解释呢?要知道她肯定不相信我,如果我说,我整夜都在给大象充气。"

"那当然,"另一个人赞同道,"给大象充气这种事说出来谁信啊,这一切都是因为我们的总经理是个左翼分子。"

又折腾了半个小时后,他们实在累坏了。大象的躯干又涨大了一些,但离充满的完整状态还差得很远。

"干得越来越辛苦了!"第一个人抱怨。

"是啊,累死了,我们歇会儿吧。"第二个人附和道。

当他们休息时,其中一人注意到墙上凸出来的煤气阀。他突发奇想,是否可以用煤气代替空气把大象充满呢?他把这想法告诉了同伴。

于是他们决定试试。把煤气阀接上大象,结果事情的发展正如他们希望的那样,不一会儿工作间里就站起了一头大象,庞大的躯干、粗壮的腿、巨大的耳朵和特有的长鼻子,栩栩如生,大小和真的一样。总经理被野心驱使,力图仿真,努力将大象模型做得无比巨大,哪还去考虑由此带来的种种困难。

"棒极了!"那个想到用煤气的看门人肯定地说,"我们可以回家了。"

清早,有人把大象搬到了特意为它准备的带有围栏的场地——就在动物园的中心位置,猴笼的旁边。大象被摆在天然岩石的背景下,看起来颇威严。前面还竖着一面牌子,上书"特别笨重——根本不会跑"几个大字。

这天来参观的第一批观众中有一群由老师带领的当地小学生。老师想用实地观摩的方式来给学生们讲授关于大象的课程。全班学生在大象围栏前站好后,老师开始讲课:"大象是一种食草动物。它们在长鼻子的帮助下拽下嫩树枝,吃上面的叶子。"

围在大象周围的小学生们充满惊奇地看着大象,等待着,想看看大象如何折下树枝,然而大象站在围栏里纹丝不动。

"大象是由现在已经灭绝了的猛犸象直接进化而来。因此毫不奇怪,它们是目前陆地上生存的最大的动物。"

勤奋好学的学生们刷刷地做着笔记。

"只有鲸鱼比大象更重,但是它生活在海里。所以我们可以大胆地说,大象是森林之王。"

一阵轻风吹过动物园。

"成年象的体重在四千到六千公斤左右。"

突然,大象抖动了起来,开始飘向空中。它在地面上方逡巡了一会儿,但在风的吹动下继续向上攀升,整个庞大的身躯呈现在蔚蓝色的天空下。又过了一会儿,它飞得越来越高了,向地面的观众展示着四条张开的圆柱形粗腿、鼓鼓的肚子和长鼻子。然后它随风横向飞过围栏,高高地消失在树丛上方。吓傻了的猴子们仰天发呆。

后来,大象在附近的植物园里被找到,它跌落在仙人掌上,被扎爆了。

那些动物园里的小学生,后来都中途辍学,成了无赖和流氓,整天喝伏特加、砸人家玻璃。他们根本就不相信有大象。

来自黑暗

在这个封闭的村子里,可怕的黑暗和迷信笼罩着我们。我只不过想出去解个手,却碰到成群的蝙蝠像十月的落叶一样乱飞,它们翅膀碰撞着玻璃,我心惊胆战,怕有一只会永久地钻进我的头发里。我无法出去,尽管我很急,但我仍然坐下来,开始给你们写报告。同志们,那么,粮食收购的情况如何呢?从魔鬼(它还会行漂亮的脱帽礼)开始出现在磨坊之时起利率就下降了。魔鬼头上戴着红蓝相间的彩色帽子,帽子上面还有法文"和平塔"字样。农民躲避着磨坊,磨坊的领导和他妻子整日借酒浇愁,他们已经觉得情况不会有任何转机。这位领导最终把伏特加浇在老婆身上并点着了火,而他自己离开这里去了人民大学,报名学习马克思主义,因为如他所说,他已经受够了这种种荒谬,想做些抗争。

磨坊领导的妻子被烈火吞噬了,我们又多了一个吸血怪物。

我要告诉你们,在我们这里每夜都有什么东西在哀嚎,在如此哀嚎……搞得人心脏都揪得紧紧的。有的人说,这是贫农卡拉希的灵魂在向富农哀嚎，也有人说这是富农克日夫冬死后仍在控诉交粮义务。这是通常的阶级斗争。我住的草屋孤零零坐落在森林旁，漆黑的夜晚和漆黑的森林，我的思想也像乌鸦一般。有一次我的邻居尤谢伽坐在森林边的一个树桩上读着《技术视野》，不料被什么东西从身后侵袭，三天时间都目光呆滞地走路，如同行尸走肉。

同志们，帮帮我们吧，我们孤独地处于国家的中心，四周是大片荒野和坟墓。

一位护林人跟我讲，当满月时，在林间小路和林中空地上会有无躯干的头颅滚来滚去，相互追逐，冰冷的额头相互碰撞、滚动，好像它们想要去往哪里，但当黎明来临，所有这一切都消失了，只有松树在沙沙作响，不过声音不是很大，因为它们害怕。至高无上的上帝呀！现在我无论如何都不出门了，哪怕是为了解决最大的需求。

所有的一切都是这样。你们告诉我们：这里是欧洲。可我们这里，锅里的牛奶放在那里等待发酵成酸奶时，会有不知从哪里爬出的驼背小侏儒往锅里撒尿。

有一次老格鲁肖娃大汗淋漓地醒来，看见小额贷款单在羽绒被上坐着，这是在选举前他们许给她用来建造小桥的，然而选举后贷款单没有获得最后的安慰就死掉了——它坐在那里，全身绿油油的，它急促地笑，直到窒息。老妇人尖叫，但没有一个人从家里出来。因为无人不知,是谁在尖叫,又因为什么而尖叫。

在那本应建造小桥的地方,因为没有桥而造成了一位艺术家的丧生。这位艺术家只有两岁,但他是个天才,如果他长大了,他一定会理解所有的一切并把它描绘出来。而现在,他只能在深夜飘荡并发出幽光。

事情很清楚了,在经过这一系列事件之后,我们的心理都发生了变化。人们开始信仰巫术和迷信。不晚于昨天,人们在莫查什的谷仓后面发现了一具骸骨。神甫说,这是政治的"骸骨"。人们相信溺亡者、幽灵,甚至女巫。我们这里也的确有这样一位老妇人,她挤牛奶,还把纠发病带到这里。但我们却想拉她入党,以此向反对进步的人们展示我们的胜利。

当蝙蝠们飞舞时"噼噼、噼噼"的声音传来,它们猛烈地拍打着翅膀,上帝呀,快躲起来!哎,可惜这里不是高楼大厦,一切可以在屋檐下解决,不需要走到森林旁。

但这一切都还不是最糟糕的,更糟的是,当我正写着东西,门自己打开了,一个猪鼻子出现在我的面前,这头猪以奇怪的眼神冲我望着,望着……我没有说过,我们这里具有另一种特色吗?

命名日

我破天荒第一次去律师夫妇家拜访。客厅幽暗，光线艰难地透过窗帘和稠密的天冬草渗透进来。家里的女主人身着带有异国情调的大蝴蝶图案的连衫裙，坐在一张蒙了白棉布椅套的安乐椅上。蜘蛛形烛台从黑暗中露出，倾斜在我的头顶上方，每当街上有沉重的车辆经过，装饰烛台的玻璃吊坠儿便发出轻微的响声。直到眼睛逐渐习惯了幽暗的光线，我这才注意到远处一个角落，在棕榈树下，有某种类似供幼儿使用的学步栏的东西，只不过它比学步栏要大得多。在木头栏杆后边有个男人坐在小凳子上埋头刺绣。

因为女主人并没有介绍他，而且对他根本不曾表示过丝毫的兴趣，我也就不方便去问长问短——于是我就装作没有看到他，虽然内心略感不自在。过了这种礼节性拜访预计的时间我便起身告辞。出门的时候我朝学步栏投去好奇的一瞥，但仅能看到刺绣的那人一个侧面。律师夫人把我送到前廊，热忱地邀请我出席她丈夫的命名日庆典，说那将在最近的周六举行。

作为一个外来人我不太明白小城镇的特殊习俗，我把在律师夫妇客厅里见到的东西也算作其中之一。我指望在下一次拜访中会得到清楚的解释。一到周六傍晚，我就穿戴整齐，到他们的别墅去了。

从远处便能看到那幢房子，那是小镇上最豪华的一座别墅，更是由于在它附近流过的一条黑得像电木的小河反射出的明亮的光线而显得雍容华贵。在市人民委员会的上方燃起了焰火，这是当地警察局由于律师的命名日而表现的欢乐，当然也表现全市人民的欢乐。别墅的侧门是开着的。没有关严的正门露出的光线散布在小径上。我走进了客厅，枝形吊灯的强光晃得我睁不开眼睛。安乐椅上摘掉了白色的椅套。我瞥见了神甫红彤彤的面孔，药剂师和药剂师太太泛黄的脸；见到了一对医生夫妇、劳动合作社主席和他的妻子，还有一个贫穷的小作坊主，他是接受国家订货生产蘸水钢笔杆的，他也带着老婆。律师本人出来迎接我。

我表示了祝贺并亲手送上了礼物，女主人请我入座，这次她的连衫裙斜着佩上了绶带。在起初的片刻没有时间顾及那件事，直到被拉进了交谈，我才能用目光轻微地顺便寻找我关心的对象。我没有弄错：在一个角落里，棕榈树下，立着个学步栏，而坐在里面的那个男人这一次穿着比较整齐，他正双手抱头打瞌睡。我在礼仪允许的范围内竭力用眼角的余光仔细观察他，把他看个够。因为其他客人都是律师夫妇家的常客，都没有注意到他，而是像通常在命名日庆祝会上那样，愉快地大声交谈。我仿佛觉得那个打瞌睡的人抬起了眼睑，似乎感觉到了我的目光，但他立刻又合起了眼皮，以完全漠不关心的姿态睡着了。

时间一点点过去，我一会儿跟药剂师逗乐，一会儿又跟神甫交流思想，沉浸在欢笑和讨论声中——可我始终都在固执而又徒劳地竭力想解开这个谜。这时两扇门大大地敞开了，仆人搬进一张桌子，上面摆放着闪闪发光的餐具、色彩缤纷的菜肴和酒瓶。律师夫妇的孩子们也出来了，他们跟我们一起坐到桌边——整个活跃着一派丰盛晚餐的景象。酒过三巡气氛更加活跃，人物和物品都有了更强烈的鲜明性，嘈杂声四起。在觥筹交错中，在女士们银铃般的笑声、男人们粗声粗气的玩笑中传来了歌声。不错，是他，是那个学步栏里的人，唱起了歌。"伏尔加，伏尔加……"——在巴拉莱卡琴轻声的伴奏下歌声忧郁地飘荡。其他客人对此都无动于衷，仿佛是鸟儿在唱。后来又传来了"黑眼睛"和比较激昂的"我们共青团员……"已经上了正餐最后一道甜点，桌子上方已是烟雾弥漫。我注意到，律师夫妇的孩子们已得到母亲的许可，从桌子上拿走了樱桃甜酒，并跑到学步栏，隔着木栅栏喂里面的居民。他把巴拉莱卡琴放在一边，小口地饮酒，喝得很安详，然后他又唱了《前进，自由的战士》中的两三段，还有《拖拉机手之歌》。我忙于跟神甫讨论有关达尔文的理论，不能过分仔细看他，但也没有停止观察。神甫一再强调:"有这样的人,他们论证说,人是由猴子变来的。"虽说我自己也喝高了,有点迷糊——却看到待在学步栏里的男人同样处在酒精的作用下。

"您不知道,他是谁?"笑容满面的主人问道,显然直到这时他才注意到我急于想要解开的这个谜。"这是我夫人的创新。她既不想在客厅里挂个金丝雀,也不想要诸如此类的任何东西,因为她说,这太平庸了。于是我就想方设法弄个活物,找到了这个先进分子放在客厅。请您别害怕,是完全驯顺了的。"

兴高采烈的客人们,朝那个弹着巴拉莱卡琴的人瞥了一眼。律师对我解释说:

"本地人。有几年他野性十足,甚至为害一方,这您知道,但是最近完全被驯服了,您懂的,现在我们把他放在家里。他刺绣,弹巴拉莱卡琴,唱歌,虽说有时让人觉得,他似乎在思念什么。"

"也许是在思念自由,思念活动……"我胆怯地暗示道,"不管怎么说,他是个先进分子。"

"难道他在这儿不好吗?"律师愤怒了,"生活有保障,平静,没有任何麻烦。我们是如此对待他,让他饭来张口,您自己也看到了,已是完全没有危险性。我们只是在七月二十二革命周年纪念日放他出门,让他到处逛逛,他也总是会回来的。再说我们的城市不大,他能躲藏到哪里?"

就在律师给我介绍这些信息的时候，他提到的那个人用目光环顾了一下四周。他的额头上布满了皱纹。在这种眼神的影响下，教区神甫手上拿的叉子刚抬到嘴边一下僵住了，叉子上还戳着一块干奶酪。交谈声静了下来，主席手中掉下的汤匙叮当作响，甚至连律师也严肃了起来。只见那个人把目光牢牢盯在聚餐桌子上，将巴拉莱卡琴顶到胸口，唱起了："走上街垒，劳动人民……"

大家都松了口气。教区神甫吞下了干酪，所有人都蛮有兴趣听他唱歌。

"棒极了！"开心的律师双手拍着大腿叫喊说。药剂师笑弯了腰，主席笑得眼里含泪。只有律师夫人不高兴。

"猫咪，"她对丈夫说，"已经不早啦，你不觉得，孩子们应该去睡觉吗？得用毛毯把他盖起来，让他今天别再唱了。"

"好主意，"律师说，"让先进分子睡个好觉。"

夜已深，我作为最后离开的客人之一受到了主人热诚的送别。我走出客厅的时候从学步栏旁边经过。学步栏上盖着有紫色花朵的长毛绒毯子。尽管如此我还是觉得，毯子下面传出了轻佻的巴拉莱卡琴的弹奏，还仿佛听见了歌声。我甚至觉得听见了歌词：

　　　　继续战斗，

　　　　继续战斗……

我想当一匹马

天啊,我多么渴望当一匹马……

倘若有那么一天我往穿衣镜前一站,看到我的手和脚都变成了马蹄,身后长出了长长的马尾巴,脑袋变成了真正的马头,配一副货真价实的马脸,我准会立即跑到房管局去。

"请给我一套现代化的大宅。"我就会这样昂然地说,而不是低三下四地哀求。

"写个申请报告吧,排队等候。"

"哈,哈!"我会纵声大笑,"先生们,难道你们没有看到,我不是个一般人物,不是个普普通通的小人物?我是这样与众不同,一个不同凡响的人!"

我立刻就会得到一所现代化的大宅,而且设备齐全。

我去参加文娱晚会,准能获得满堂喝彩,即使我的作品再拙劣,朗诵得再蹩脚,也不会有人指责我无能。情况会截然相反。

"一匹马竟有这样的水平,太棒了!"会有人赞不绝口。

"这马真聪明。"另一些人会如此奉承。

且不说我会从谚语、俗语中得到多少溢美之词，捞到多少好处：健壮如马，老马识途，笑得跟马一样庄重，马有四条腿偶尔也失蹄……

诚然，当马也有消极的方面。我会给我的敌人提供新的弹药。他们给我写匿名信的时候，会这样开头："您是骏马？不，您是驽马！"

妇女们会对我感兴趣，"您是这样超凡脱俗……"她们会这样说。

上天堂的时候我就会长出翅膀。我会成为一匹飞马。天马行空！对一个人来说有什么比这更美的事呢？

安静的同事

有一次，我站在窗前，看到街上走过一支出殡队伍：简单的棺材搁在只有一匹马拉的普通灵车上；一身黑色丧服的未亡人跟在灵车的后面，还有其他三个人，显然是死者的朋友、亲戚和熟人。

假如棺材没有用红色的标语装饰，这简朴的出殡队伍多半不会引起我的注意，但标语上写着两个醒目的大字：万岁！

出于好奇，我离开了住宅，尾随着出殡队伍。我到了墓地。死者被埋在最偏僻的角落，在白桦树丛中。举行安葬仪式的时候我站在一旁，但后来我还是走到未亡人跟前，向她表达我的悼念和敬意，询问死者生前是个什么人物。

原来他曾经是个政府官员。未亡人因为我对死者感兴趣而十分激动，对我讲了他生前最后几天的若干细节。她埋怨说，她的丈夫因古怪而又自觉自愿工作，给活活累死了。他没完没了地写那种有关新宣传方法的呈文。据我推论，对当前现实口号的宣传成了他生前活动的主要目标。

怀有好奇心的我急于想知道事情的原委，请求她让我看看她丈夫最后写的呈文。她同意了，拿出两张发黄的纸片儿给我看，纸上的文字工整，略带点儿旧式的笔法。就这样我拜读了他的呈文。

"让我们以这些苍蝇为例。"文中第一句如此写道，"不止一次午饭后闲坐，看着苍蝇怎样围绕着电灯飞，激起我层出不穷的想法。假如能做到这一点该有多好，我心想，假如苍蝇也跟大众一样有觉悟，岂不是善莫大焉。你伸手抓住一只苍蝇，掰掉它的翅膀，让它在钢笔水里滚一下，再把它放在一张平滑的白纸上。你看着，苍蝇顺着白纸爬，就会写出'让我们支持航空事业'或者某些别的口号。"

我越往后读，死者精神面貌的轮廓便越清晰地浮现在我眼前。他曾是个诚实的人，常为一个理想煎心焦首，这个理想就是竭尽所能让标语、口号无所不在。他那播种特殊三叶草的想法就属于较有独创性的构思之一。

"通过美术家和农业生物学家合作的道路，"他写道，"可以培养出特殊的三叶草品种。在那种作物目前只开单色花的地方——通过对种子做适当的改良——也许就会长出某位领导人或先进工作者的小小植物肖像。请您不妨大胆想一下，整个田里布满了这种三叶草！开花时节是何等模样！显然，也可能出现错误。比方说，肖像画的那个原型人物既没有胡须，也没戴眼镜。由于跟别的品种的种子混杂，在小肖像画上可能出现偏差：播种的三叶草苗长大开花，展示出的肖像画却戴着眼镜，长着胡须。那时我们除了割光整个田地重新播种之外别无他法。"

这位老汉的构想是越来越稀奇古怪，令人惊诧。在了解了他的呈文之后我自然猜想到，写有"万岁"的标语是根据他最后的愿望放在棺材上的。这位无私的发明家，视觉宣传的狂热分子，甚至在生命的最后时刻也渴望强调自己的热情。

我煞费苦心地打听到，他是以什么方式离开这个世界的，到头来成了自己狂热的牺牲品。适逢国庆节之际，他脱得一丝不挂，顺着身体画了七条色彩斑斓的带子，每条带子对应彩虹的一种颜色。接着他来到凉台，爬上了栏杆，力图做个被称为"桥"的体操花样动作，把身体向后仰，用双手支撑着，使整个身体变成弓形。他想以这种方法创造一条彩虹，也就是光明未来的活生生的画面。不幸的是，凉台位于三楼。

后来我再次来到墓地，为了找到他长眠的地方。但是经过长久持续地寻找，我还是没能找到那片白桦林，当初他就被埋在白桦林里。不久我加入了节日前夕的火炬游行，队伍从墓地旁边经过，乐队演奏着威武雄壮的进行曲。

孩子们

这年冬天，雪纷纷扬扬下得真大真多。

孩子们在市政广场上堆雪人。

广场开阔，每天这儿的行人熙来攘往。政府机关的许多窗户都朝着广场。而广场本身却无所事事，无知无觉地扩展、扩展。就在这广场中央，孩子们吵吵嚷嚷，兴高采烈地用雪堆了个滑稽可笑的雪人。

他们先是滚了个大雪球，这是雪人的肚子。后来又滚了个小一点的球，做雪人的胸、背和肩膀。然后又滚了个更小的球，用它来做雪人的脑袋。雪人的衣服扣子是用小黑煤块做的，从上到下扣得整整齐齐。鼻子是一根胡萝卜。因此说，这是个普普通通的雪人，在雪下得多的年份，这样的雪人在全国何止上万个。

孩子们却因此玩得很欢，很幸福。

形形色色的人从这儿走过，看了看雪人，继续往前赶路，各个机关在办公，似乎是平安无事。

父亲很高兴，因为他的孩子们在新鲜空气里玩耍，脸蛋儿都红红的，胃口好，饭量大增。

但是有天傍晚，一家人都待在家中，突然有人敲门，进来的是个报贩子，在广场上有个售报亭。他一进门就表示抱歉，说是这么晚了还登门打扰，但是，他认为自己有责任跟父亲交换交换意见。照说呢，大家都知道，孩子们都还小，年幼无知，是得好生照看，因为幼小不教，长大就难以成人。他要不是考虑到孩子们的利益，是怎么也不会登门造次的。他之所以来，完全是出于教育下一代的目的。他谈到了孩子们给雪人装的那个胡萝卜鼻子，偏偏是红的！而他，报贩子正好有个红鼻子。他的鼻子红是由于受了冻伤，不是因为喝多了酒。孩子们有什么理由公开出他的红鼻子的洋相呢？因此，他特地来请求孩子们不要再这样做。不错，是出于教育的目的。

父亲对这些意见非常重视。孩子们当然不应该拿别人的红鼻子来开玩笑。他们真不懂事。于是他把孩子们都叫过来，指着报贩子严厉地问道：

"你们当真是为了讥笑这位先生，才给雪人装了个红鼻子吗？"

孩子们感到惊讶不已，刚开始他们甚至弄不明白是怎么回事。后来他们听清楚了，摇头说，压根儿就不是。

但是，爸爸不管三七二十一，先罚孩子，不准吃晚饭。

报贩子表示了感谢，转身走了。在门口却跟合作社主任撞了个满怀。主任跟这家的主人道了声晚安，主人热情地欢迎了他，不管怎么说，他是个重要人物。主任见到孩子们立刻皱起了眉头，鼻子里哼了一声，说道：

"好呀，我在这儿看到了他们，这帮小家伙！您应对他们严加管教。他们人虽小，却很狂妄。今天我从我们商店的窗口朝广场一望，我看到了什么？他们自由自在地在那儿堆雪人。"

"啊，您也是为那个鼻子……"爸爸猜测说。

"鼻子！小事一桩，可是，请您想想看，他们先堆出一个大球，后来是第二个、第三个，他们要干什么？他们把第二个雪球放在第一个上面，第三个再放在第二个上面。难道不令人气愤吗？"

父亲没有听明白，于是主任就更加烦躁了。

"难道还不明白他们想用这种方式说明什么？他们是想说，在这个区合作社里一个窃贼坐在另一个窃贼的头上。可这是污蔑。这样的事即便是向报纸揭发，也得有充分的证据，更何况是在广场上当众出丑。"他这位主任，考虑到孩子们年龄尚幼，不要求公开赔礼道歉，只希望再不要发生这类事件。

孩子们受到追查，问他们把一个雪球放在另一个雪球上面的时候，是否真想说明区合作社里是一个窃贼坐在另一个窃贼头上。孩子们摇头否认，哭哭啼啼。但是，父亲以防万一，让孩子们在屋角罚站。

这一天事情还没有完。院子里传来了雪橇的铃铛声,雪橇到了门前,铃声戛然而止。两个人同时敲门。其中一位是个身穿皮大衣的胖子,而另一位是市人民委员会主席本人。

"我们是为您的孩子们的事而来的。"两个人在门口同声说。

父亲已经接待过两起来访,有了经验,因此,向他们推过椅子,请他们坐下。主席朝那位陌生人斜了一眼,对他是何许人物感到奇怪,然后首先开口说:

"您容忍家里的人从事敌对活动,我感到震惊,您难道就没有一点政治觉悟?请立刻说清楚。"

父亲不明白,他为什么没有政治觉悟。

"因为从您的孩子身上就可以看到。谁会对人民政权机构进行讽刺?您的孩子们才这么干。他们把那个雪人恰好堆在我办公室的窗下。"

"我明白。"父亲胆怯地嗫嚅道。

"似乎是说一个窃贼坐在另一个窃贼……"

"窃贼!小事一桩!难道您不清楚,在市人民委员会主席的窗前堆雪人意味着什么?您难道不知道下面都把我叫什么?为什么您的孩子不在别人,比方说,阿登纳的窗下堆雪人?什么?哈!您沉默!这沉默意味深长。我能从中得出结论。"

陌生的胖子听到"结论"这两个字便站起身,用目光朝房间里一扫,偷偷踮着脚尖儿退出了房间。窗外又响起了雪橇的铃声,越来越轻,直至消失。

"是的,亲爱的先生,我建议您考虑考虑,"主席接着说,"啊哈!还有一点。我在家里常常敞着衣扣,这是我的私事。您的孩子没有权利拿这件事开玩笑。雪人身上从上至下的一排扣子也是语义双关的。我再说一遍,只要我高兴,在家里不穿裤子也没什么了不起,您的孩子无权过问。请您记住了!"

受到指控的父亲把孩子们从屋角里拖出来,要求他们马上承认,说堆雪人的时候心里就想讽刺主席,说给雪人从上到下安了一排扣子,就是为了嘲笑主席在家里敞胸露怀。

孩子们哽咽着,泪流满面地保证说,他们堆雪人不过是为了玩耍,没有任何附带想法。但是,父亲为了以防万一,不仅不准他们吃晚饭,罚他们站墙角,而且还罚他们跪在硬地板上。

这天傍晚,还有几个人来敲他们家的门,但是主人来了个一概不理。

第二天,我从广场旁边经过,看见了那三个孩子。广场是不准他们再去玩耍了。他们又在商量玩什么游戏。

"我们来堆雪人。"一个说。

"呃,堆这种普通雪人算什么游戏,没劲透了!"

"我们来堆那个卖报的。给他安个大大的红鼻子。他的鼻子红，因为爱喝酒。是他昨天亲自说的。"第二个宣布。

"我倒想堆个合作社主任！"

"我宁愿堆那个主席先生，因为他是个笨蛋，还得给他安上一排扣子，因为他常常不扣扣子敞胸露怀。"孩子们叽叽喳喳地争吵起来。最后决定挨个儿堆。他们又兴高采烈地干了起来。

诉 讼

  由于坚持不懈的努力、工作，愿望——目的终于达到。所有的作家全都穿上了制服，给他们定了级别和军衔。这样一来，缺乏标准、不健康的唯美形式主义、艺术的模糊性和摇摆性等混乱便一劳永逸地结束了。制服的方案是由中央核定的。分区和定级是全国作协中央委员会长期准备工作的成果。从此作家协会的每个成员都必须穿制服——带有彩色饰条的宽大紫红色裤子、绿夹克衫、腰带和制帽。然而这套服装尽管表面看似简单，区别却非常之大。中央理事会的成员戴镶金帽徽的船形帽，地方作协的成员戴镶银帽徽的船形帽。作协各级理事会的主席配长剑，副主席配猎刀。所有的成员根据他们从事的创作品种分成各个部队。从而便产生了两团诗人、三师小说家和一个由各种成员组成的执行排。因为在评论家中进行了大规模的调动。一些人调到了大桡战船，剩下的都编入了宪兵队。

  作协整体划分了等级——从列兵到元帅。这考虑到该作家在自己一生中出版的字数,思想脊椎弯到地板的角度,年龄,在自治机构和政府机关担任的职务,等等。为了区分等级采用了五颜六色的标志。

新秩序的优点是显而易见的。首先如今每个人都已知道,对该作家应如何评价。事情明摆着,作家—将军不可能写糟糕的小说,作家—元帅写最好的小说。作家—上校可能犯某些错误,但他比作家—少校总是要能干得多。各个编辑部的任务如今大大简化了。他们可以准确地计算,比方说,一个作家—准将寄来的作品可用于出版的百分比较之一个作家—少尉寄来的作品要多多少。稿费问题也以同样的办法予以解决。

理所当然,一个评论家—作家—大尉关于作家—少校或是更高级别作者的书如今已不能写否定的评论,只有评论家—将军可以对作家—上校的创作发表不怀好意的消极见解。

新秩序外在的益处同样明显。每逢大规模检阅的时候,迄今作家的队伍,比方说,在运动员队伍的背景下总显得灰不喇唧的,如今作家们的军官制服肩上的穗带闪闪发光。镶在制服裤缝上的彩色饰条闪亮,主席和副主席的长剑和猎刀以及整个队伍的制帽光华灿烂,由此作家们在社会上的声望也大大提高。

麻烦出在对某个作家—怪人的分类上,诚然他写过散文,但是他的作品当成长篇小说太短,当成短篇小说又太长。除此之外还有人窃窃私语,说他写的是诗体小说带有讽刺的意味。另一些人说,怪人也常写杂文，其实是些小故事，不乏批判随笔的明显特征。既不能把他分到散文一类，也不能分到诗歌，而为了一个人组织一个新的类别又太不划算。于是出现了这样的声音，要把他逐出作家队伍。最后为了有所区别给了他一条橙黄色的裤子，把他算作列兵，也就万事大吉了。

全国都看到他蒙羞。再说，甚至假若把他开除，也不会是头一个。曾有几位作家，由于体形不好穿制服难看，早已被开除了。

但是不久社会便确信，把这个怪人留在作家队伍里是多么大的错误。他这个人给动摇权威明确美好的原则开了个坏头。

有一次在首都，一位知名的严肃作家—少将在林荫道上散步。对面走来那位穿橙色裤子的作家—列兵。作家—少将轻蔑地朝他瞥了一眼，显而易见，是期望列兵会对他行礼。突然他发现作家—列兵的帽子上有个最高级奖章，通常只发给那些作家—元帅的——一个小小的红色瓢虫。在他心中敬重级别的原则是那么牢固，以致毫不考虑自己发现的离奇怪异，立刻采取了充满最高敬意的态度首先敬了个军礼。惊愕的作家—列兵连忙还礼，以致那原本蹲在他制帽上给作家—少将当成最高标志的小瓢虫——张开翅膀飞走了。怒气冲天、深感受辱的作家—少将立刻唤来值班的评论家，把作家—列兵领到"文学之家"禁闭室，首先剥夺了他手中的钢笔。

首都举行了诉讼，在艺术宫，长方形大理石大厅里闪烁着法官们的带穗肩章。将帅级作家们顺着用乌木和黄金制作的桌子就座，他们的奖章和勋章在光滑的桌面上反射出倒影，宛如在照一面黑镜子。穿橙色裤子的作家—列兵被指控非法佩戴与他的级别不相符的标志。

可是被告也算走运。举行诉讼的前夜召开了文化委员会的会议，会议期间尖锐地批评了对艺术家冷酷无情的态度以及对艺术的行政指挥。这次会议的回声翌日便传到了诉讼大厅。评论家—作家—副元帅亲自发表讲话。

"我们不能官僚主义地对待控诉，我们应深入事情的本质。毫无疑问，我们正在审理的案子，是破坏原则问题的，由于有了原则我们才能获得非凡的文学繁荣，尽管难免犯些错误。但是，被告是不是个有意识的现行罪犯？我们应该深入下去，看到原因而不只是结果。让我们认真思考一下，是谁将被告带到了他的可悲状态？是谁使他道德败坏，是谁利用了他起初的无意识？导致这个危机的始作俑者是谁？为了防止未来出现类似的诉讼，谁该受到惩罚？

"不，诸位同道，被告不是主犯。他不过是瓢虫手中的工具而已。是它，瓢虫，无疑基于对我们新等级原则的仇恨，看到所取得的辉煌成就，正是由于我们采取了绝对精确的标准，完美地组织我们的协会活动，它不禁怒气冲天——居心险恶地蹲在被告的帽子上，模仿元帅级奖章，对它而言，我们的等级是眼中钉肉中刺。因此我们应惩罚的是手，而不是盲目的剑。"

这篇讲话因为深入到恶的真正根源而受到欢迎。给作家—列兵恢复了名誉，而把诉讼的主要锋芒指向了瓢虫。

评论家执行排在花园里找到了它，那时它正蹲在丁香叶子上，拟定自己卑鄙的计划。它没有反抗，知道自己的阴谋已经被揭穿。诉讼在同一个大理石大厅里举行。瓢虫被安放在乌木桌子上用一个玻璃小盘子盖住，为的是不让它逃跑。所有人都集中视力，全神贯注，都想看到黑色平面上的一个红点。它坚守自己卑鄙龌龊的立场不屈不挠，从头至尾轻蔑地保持着沉默。

翌日清晨处决了它，借助于作家—文学元帅自己最新出版的道林纸、硬皮封面的四卷集长篇小说。四本书顺序从一米半的高度压向它。似乎它没怎么受苦。

穿橙色裤子的作家—列兵受到怀疑，有人认为不管怎么说他是跟罪犯合谋的，也不排除他们之间有更多的联系，因为他在得知判决的消息时哭了，还请求把它放到花园去给它自由。

天　鹅

公园里有个池塘。天鹅是这公园的点缀。有一次一只天鹅不见了,被小流氓偷走了。

城市绿化管理处设法又买了一只天鹅。为了保证它不遭前者的厄运,决定给它找个特别看守。

当看守的是个老头儿,多年以来孤身一人。他接受这份差事的时候,正好是个冬天的傍晚,没人上公园里来。老人绕着池塘转了一圈又一圈,看着那只天鹅,有时抬眼望望天上的寒星,浑身冻得哆嗦。他想,要是能到公园附近的小酒馆里去待一会儿该有多好。他朝那个方向走了几步,又想起了天鹅,心里不禁一惊,他不在的时候也许会有人把天鹅偷走,他也就会失去这份差事。于是放弃了上小酒馆的想法。

寒冷越来越无情地袭击着他,孤单越来越沉重地压迫着他那颗心。他终于忍不住要到小酒馆去,随身带着那只天鹅。"即使这时候有人到公园来,"他思忖道,"欣赏大自然的美景,他也不会立刻发现少了只天鹅。夜里满天星斗,但没有月亮;我们不一会儿也就回来了。"他做了结论。

于是他带走了天鹅。

小酒馆里暖融融的,飘着炒菜的香味儿。老人把天鹅放在一张椅子上,就在自己的对面,以便时时看着它。然后他点了一道便宜的菜和一杯烧酒,为的是暖暖身子。

他心满意足,津津有味地吃着羊肉的时候,发现天鹅在意味深长地望着他。他可怜起这只鸟来,再也咽不下酒菜,因为天鹅的目光里充满了对他的责备。于是他把酒店招待叫了过来,给天鹅买了个小白面包蘸上带糖的热啤酒。天鹅高兴了起来。吃完这顿饭,他们两个精神抖擞,乐呵呵地回到了岗位上。

第二天晚上同样寒冷,天上的星星特别亮,每颗星都像冰冷的铁钉钉在老人温暖、孤寂的心上,但是他还是极力抵制小酒馆的诱惑。

天鹅在池塘中央游来游去。水上闪烁着一个柔和的白影。

一想到在这样的寒夜,它待在冰凉的水中,该是怎样地颤栗?老人深感怜惜。可怜的天鹅,它对生活难道就一无所求?他几乎肯定,天鹅准是愿意到某个暖和的角落去,准乐意吃点什么……

于是他又把天鹅夹在腋下,带进了小酒馆。

又是一个晚上,老人的心中又充满了忧郁。但是这一次老人下定决心不到小酒馆去了,因为昨天他们回到公园的时候,天鹅跳起了舞,还唱起了古怪的歌儿。

老人坐在岸边,仰望天空,寂静无人的公园里凉风阵阵。他感到有个什么东西在轻轻扯他的裤脚。原来是天鹅,它游到了岸边,向他提醒着什么,于是他们又去了小酒馆。

一个月后,老人跟那只天鹅一起丢了差事。天鹅白天在水面上踉踉跄跄,东倒西歪。那些带孩子到公园来休息的母亲,考虑到对孩子的教育,把他俩告了。

即便是最平凡的岗位也要求有个基本准则。

小矮人

从前有个挂牌"小小"的矮人剧团。这是一个很认真的常设团体,每周至少有四场演出,大胆涉猎了所有剧目。文化部因而把它提到了样板矮人剧团的水平,并授予了一个新的名称,这个扩大了的叫法是"中央小小",对此谁也没有感到奇怪。这个剧院有良好的工作条件,在这里找到一份差事,成了每一个业余或职业的矮人演员的梦想。不过,这家剧院编制早已配备齐全,拥有精兵强将。有个矮人是剧团最杰出的明星,他表演情人和英雄的角色,因为他最矮小。他大获成功,收入可观,评论界对他天才的演技赞不绝口。他甚至把哈姆雷特也演得惟妙惟肖,尽管他在舞台上走动,观众压根儿就看不见,因为他太小了,是无可比拟的、纯种的小矮人。剧目都是我们普通人的内容,小矮人的形式。剧院得以存在,首先是由于他的功劳。

有一次,他在化妆室里化妆——那是在《勇敢的包莱斯瓦夫》首场戏公演之前,他担任剧中的主角——突然发现镜子里没有照出他的金皇冠，可皇冠明明戴在他头上呢！过了一会儿，他上台的时候，皇冠碰到了上方的门框，掉落到地板上，像个铁壶盖子一样在地上滚，还发出金属的铿锵声。他拾起皇冠，走到前台。第一幕结束后他回到后台化妆室，本能地低下了头。"中央小小剧院"的房子是根据剧团的比例特为它建的——由官方补贴，用大理石和从遥远的新西伯利亚运来的人造黏土建成的。

《勇敢的包莱斯瓦夫》一幕一幕往下演，而我们的演员在进出化妆室时都习惯地低下头。他偶尔会瞥见剧院老理发师的目光正停留在自己身上。理发师也是个矮人，但还不够矮小，由于太高，就不能登台演出，只能做些辅助工作；他怨天尤人，灵魂深处对一切事和每个人都充满了妒忌。他的目光是那样专注，那样阴沉。小矮人怀着不快的心情走上舞台。过了一段时间这种不快心情仍然没有离开他；每天带着这种不自觉的感情睡去，又带着它醒来，虽然极力想摆脱它。他自我欺骗，佯装没有发现自己有什么不快，下意识地去抵制心中早已萌发的怀疑。时间并没有给他带来平静。恰恰相反，有一天，他从化妆室走出来的时候，同样不得不低下头，尽管头上没戴皇冠。不料在过道里他又跟理发师擦肩而过。

这一天他决心正视现实。他在自己雅致的套间里，拉上窗帘，给自己量了身高。这一测量说明了一切。再也不存在什么幻想，他长高了。

傍晚，他瘫倒在沙发上，喝着一杯格罗格酒，一动不动地望着也是矮人的父亲的相片。第二天他砍掉了鞋后跟。他希望长高只是一种过渡现象，或许过些时候又能缩回去。在一段时间里，砍掉的鞋后跟确实帮了他的忙。终于有一回他走出化妆室，正好老理发师在场，便故意挺了挺胸脯，额头上却碰了个大青包。他从那人的眼中看到了讥讽。

他怎么长高了呢？难道他体内的生长激素过了这么多年突然从昏睡中苏醒了？他产生了某种设想。他记得，宣传中经常出现这样的口号："在我国，人的平均身高增长了……"是普通人的身高？不错，难道说矮人也长？为防万一他不再听广播，不看报，故意在思想教育班表现得糟糕。他极力使自己相信自己是个反社会分子，罢，罢，甚至极力成为一个帝国主义的辩护者，尽管这样做让他对自己十分厌恶，而且也十分虚假，因为在他身上起作用的是由他父亲矮人——贫农——传给儿子的可靠的阶级本能。因此，他在绝望之际便从一个极端跳到另一个极端，在幼稚园胡闹一气，用小酒杯一杯一杯地喝酒，只想把自己的苦痛压下去。但是，无情的岁月却使他的身高一毫米一毫米地不断增长。

剧团已经发现了吗？有几次他看到老理发师在幕后的角落里跟一些演员窃窃私语，他一走过去，絮语声便戛然而止，换成了毫无意义的闲扯。他留心观察伙伴们的面部表情，但是从他们脸上什么也看不出来。走在街上越来越少碰见老太太对他说:"小家伙,你跟妈妈走丢了吗?"倒是第一次听见有人对他说:"请问,先生……"他回到家里,倒在小床上一动不动地躺着,眼望着天花板。可是后来他不得不改变姿势,因为他的双脚伸出了小床外,麻木了,这张小床对于他已经太短了。

终于,他对"中央小小剧院"的同事们也没有什么可怀疑的了。他们都已看到,或者都已猜到是怎么回事。昔日热情洋溢的评论也沉寂了,对他的赞扬也愈来愈少。到处遇见的都是同情或嘲弄的眼神。或许这只是他那亢奋的想象力在起作用?幸好领导没有改变对他的态度。在《勇敢的包莱斯瓦夫》演出中他获得了很大的成功,当然不像演《哈姆雷特》那样成功,但毕竟也是很成功的。领导照常毫不犹豫地指定他扮演《黑衣骑士》中的主角,这个剧已经贴出了海报。

排练过程中尽管他很痛苦,但并没有经历什么特殊困难就实现了首次公演。他坐在镜子前面,不看镜子就化好了妆。舞台监督按了铃,他从座位上沉重地站起来,不料脑袋竟撞碎了天花板上的电灯。他转身朝门口走去。整个剧团的人在灯光明亮的过道上站成个半圆圈,理发师站在中央。理发师身边站的是剧团里另一位扮演情人的演员,同样很有才华,但迄今他只能演 B 角,就是因为高出了几个厘米。两人默默对视了片刻。

后来他不得不同剧院告别了。随着他身高增长，变换过几种职业，在青年剧院跑过龙套，当过跑腿的，在有轨电车线上扳过道岔。他常常身穿皮大衣一动不动地站在铁轨交叉点上——已是个中等身材的成年男子了。但他主要是靠变卖在光辉时代购置的衣物为生。后来他又长高了一点就没有再往上长了。

他经受过怎样的痛苦？他有什么感觉？他的名字早已从海报上消失了，早已被人忘到九霄云外。他在保险部门当了个职员。

这样又过了许多年，在一个星期六的下午，为了度过周末的自由时间，他走进了矮人剧院，他坐在观众席上高兴得适度，笑得也适度，并不曾表露过分的兴趣。他一边看表演一边剥着薄荷糖糖纸。散场后，他来到衣帽间，穿上了深蓝色的长大衣，扣上了扣子，满意地嘘了一口气，因为等着他的是一顿可口的晚餐。

"不错，一群很好玩的小矮人。"他自言自语地说。

狮　子

恺撒已经发出了信号。栅栏抬起，从漆黑的洞中传出的吼声越来越响，犹如万霆雷鸣。

竞技场中央，基督徒挤成了一团。观众从座位上站立起来，为的是看得更清楚。沉闷的轰隆声沿着山崖滚滚而来，犹如以排山倒海之势崩塌的岩石滑落，观众席上嘈杂的声音充满激动和恐怖的叫喊。第一头牝狮迈着轻松快捷的四蹄奔出隧道。竞技开始了。

狮群的看守人博达尼·卡笞斯，用一根长竿武装自己，他检查了一遍，看是否所有的动物都已来参加可怕的游戏。他正要如释重负地吁口气，却看到一头狮子停留在大门口，并不急于出门走到竞技场，而是在平静地啃着一根胡萝卜。卡笞斯骂了一声，因为他的职责就是照管动物，不让任何一头猛兽在马戏团无所事事地闲逛。他走近了几步，保持工作安全和卫生条例规定的距离，用长竿在狮子的屁股上刺了一下，为的是激怒它。令他惊诧不已的是狮子只是调了个头，摇了摇尾巴。卡笞斯又刺了它一下，用的力气稍大一点。

"别烦我!"狮子说。

卡笃斯急得直挠头,狮子毫不含糊地让他明白,自己是不受宣传鼓动的。卡笃斯不是个坏人,但他害怕监工看到他在工作中玩忽职守,把他扔到那些犯人中间去。从另一方面讲,他又不愿跟狮子争吵。于是他试图劝说狮子。

"你能不能为了我做这件事呢?"他对狮子说。

"没有这样的笨蛋。"狮子回答,继续啃它的胡萝卜。

博达尼压低了嗓门:

"我不是说,让你立刻去吃掉某个人,不过是让你在竞技场上转一转,吼几声,是为了证明不在犯罪现场。"

狮子摇了摇尾巴。

"人啊,我对你说:没有这样的笨蛋。他们在那里会看到我,也会记住,而以后谁也不会相信你,说你不曾吃过任何人。"

看守人叹了口气,略带遗憾地问道:

"可说实在的,为什么你不愿意呢?"

狮子留心地瞥了他一眼。

"你用了'不在犯罪现场'这个词。难道你不曾用脑子想想,为什么所有那些贵族自己不到竞技场上跑,也不去吃基督徒,而是代之以使用我们,狮子?"

"我不知道。再说这主要是些老人,哮喘病患者,呼吸困难的人……"

"老人……"狮子带着怜悯之情嘟哝道,"对政治你是一无所知。简而言之他们是想提出不在现场的证据。"

"在什么人面前?"

"在正在萌芽的新因素面前。历史上总是需要根据新的正在萌芽的东西考虑问题、选择方向。难道你从来不曾想过,基督徒将来可能掌握政权?"

"他们?掌权?"

"不错。只须善于去读字里行间的话。我总觉得,康士坦丁大帝会跟他们达成协议。那时又会怎样?重新审理案件,恢复名誉。那时那些坐在包厢里的人会轻易说出'那不是我们干的,是狮子'。"

"当然啦,可我从没想到这一点。"

"你瞧,但他们还是小事一桩。我关心的是自己的性命,自己这身皮毛。一旦发生什么事,所有人都看到过,我是在吃胡萝卜。虽然,我们私下说一句,这胡萝卜实在是非常讨厌的东西。"

"可是你的伙伴们吃那些基督徒简直是津津有味。"卡笞斯不怀好意地说。

狮子撇歪了嘴。

"原始。目光短浅的投机分子。他们见风使舵。缺乏策略思维的分子。殖民地的蒙昧。"

"你听我说。"卡笪斯欲言又止。

"什么?"

"假如那些基督徒,你知道……"

"什么,基督徒?"

"喏,一旦他们掌权……"

"嗯?"

"嗯?"

"到那时你能不能证明,我不曾强迫你干任何事?"

"但愿共和国的顺利发展对于你们将是最高法则。"① 狮子深含寓意地说了这么一句,又重新去啃自己的胡萝卜了。

---

① 原文为拉丁文。

关于神奇得救的寓言

为了更易于使各位心软,今天我给各位讲个真实的故事,它能证明上帝如何以不可思议的方式引导我们得救。

在已经过去的那场战争之前,在我们的城市汉堡生活着一个名叫艾雷克·克劳乌斯的人。他有妻子和四个孩子。但是伙伴们对他施加了坏影响,使艾雷克怀疑上帝安排的正确性和公平性。对上帝的判决不是虔诚地心悦诚服——而是自作聪明地说三道四。他曾是个和平主义者。

当时——那是一九三九年——他被征召入伍。艾雷克非常怨恨不公。他叫喊着说,不想离开自己的家。他反抗当局的命令,他似乎看到了某种不幸,进而怀疑上帝安排的本质,认为没有上帝的意志,世界上任何事也不会发生。

这样一来,他被编入了步兵,不禁大哭大闹埋怨自己命苦。作为一名冲锋队员他离开了故乡。

最初他到了波兰。每一天他都离汉堡更远,一直到他穿过了波兰站到了俄罗斯的边界上。他一直思念自己的故乡汉堡,而且抱怨离得这么远。

接下来的几年,艾雷克·克劳乌斯离汉堡越来越远。他天生孱弱,又未受过锻炼,还好使性子,爱发牢骚。他抱怨旅途的种种不方便,主要是控诉战争,仿佛战争并不属于上帝的判决。他以这种方式一边亵渎上帝一边向东行进,越走越远,越走越远。

当他到达高加索时,对生活的不满达到了顶峰。"该死的!"他说,"所有这一切对我有何意义?我真想豁出去,只要此刻我能坐在汉堡我自己的家里。我完全不明白,这该死的战争干吗把我拖到这么远的地方来!"

这样的或类似的话,艾雷克·克劳乌斯说了不少,他就像每一个不笃信上帝的幼稚青年一样,永远不满上帝给自己安排的命运。

直到那时才显示出,上帝为何以自己无边的慈爱考验艾雷克。

艾雷克收到来自汉堡的消息,说是某天夜里,他和家人曾经一起居住的楼房遭到了轰炸,天花板塌了下来,压死了他的妻子和四个孩子。

读完这封信,艾雷克双膝跪地,两手举向天空叫喊道:

"感谢您,啊,上帝!现在我已经明白,为什么您创造了德国军队和这整场战争,为什么您引导我离汉堡尽可能远而又远,全然不顾我愚蠢的反抗。您这么做,是为了拯救我。是为了不让我突然死去，在我罪孽深重的时候被压在天花板下。而我，一个有负您的仁慈的卑微之人却常发牢骚，尖刻地抨击过您。宽恕我，啊，上帝！"

艾雷克·克劳乌斯回到了汉堡。但也发生了脱胎换骨的变化！他已不再埋怨当局出乎意外的安排并且总是投天主教民主党的票。他再也不是个和平主义者，因为他记得自己神奇的得救。他又结了婚，又生了四个孩子。就在他的第四个孩子出生后，他每天进早餐时都眼望着天花板说：

"我的孩子们，你们要记住，一旦情况需要，只要阿登纳总理发布动员令，你们的父亲会头一个上战场。"

有关德国军队，他不再说一句坏话。

你们呢？兄弟们和姐妹们，你们呢？

独　白

　　斯塔霞小姐，再来两大杯。有害？对我也有害？请你拿来吧。

　　夏天过去了。最后的布谷鸟不再"布谷、布谷"地鸣叫。我对你有个请求……能否承你盛情厚意再叫几遍？求你做个好伙伴。你不咕咕叫？我也不咕咕叫。

　　是的，兄弟。他们又让密茨凯维奇①走俏了。"怎么样？"我问。我哪里知道，怎么样……

　　其实我没有丝毫反对他的意思。他也是个人，像其他许多人一样。你想抽支烟吗？你不抽？我也不抽。

　　其实冬天有它自己好的方面。"说走就走，前进，三人一行，雪，多么柔软蓬松！"你坐着，却又在原野驰骋。你经过了一座座村庄。但尽管如此……你说什么？我也什么都没说。

　　然而最重要的是大自然。你给自己种上一棵天竺葵，你看

---

　　① 亚当·密茨凯维奇（1798—1855），波兰诗人，革命家。

着……而后来机关的领导人把你的奖金削减一半或者有轨电车压断了你一条腿。可天竺葵仍在继续生长。我们的健康。你不健康吗？我也不健康。

我小的时候，曾经不喜欢交响乐。它让我觉得好笑。你记得吗？"si，si，si——这是流浪汉小夜曲吗？"那时正跟立陶宛作战还是什么类似的事。毕苏斯基①政权时期。一切都幸运地过去了。"嗨，朋友，祝你长寿！"我曾酷爱轻松的歌曲。

现在还有人通过维斯瓦河放排流送。在维斯瓦河上放排流送可不是那么简单的事。维斯瓦河是我们的河流之王，最窄的地方只有二十米。水量充沛。到处是水。很多水。水中间住着万达公主。

斯塔霞小姐，请再来同样的两杯。

我们的历史富含细节。这样的格伦瓦尔德②。人知道自己吃得起什么。我个人宁愿吃黑醋果。少许多麻烦。只是不能吃太多，因为它会让你恶心。

最重要的是，但愿我们所有人都健康。而我总是心不在焉。我每次走进洗手间总要解开领扣。人得学会活着。

---

① 约瑟夫·毕苏斯基（1867—1935），1918年至1922年为波兰国家元首和军事独裁者。
② 格伦瓦尔德：疑为格伦瓦尔德战役，1410年波兰王国、立陶宛大公国的联合武装力量与条顿骑士团国家进行的著名战役。

比方说海的深处。海蜇、鳗鱼、鳐鱼在那里游。它们也想喝点什么。它们环顾四周，而这里那里实在是什么可喝的东西都没有。我们所处的环境多少要好一点。你不喝吗？我也不喝。

你吃点干酪吧。这是很漂亮的干酪，美得就像卡普里岛或卢浮宫。你不喜欢卢浮宫？我也不喜欢。我感到对它有种本能的厌恶。所以离它远远的。

有谁知道，这次我们是不是最后一次见面。我要搬到维利奇卡去。在维利奇卡有欧洲最有趣的盐矿。人总得靠点什么活着。晚上我将望着克拉科夫上空的灯光。那边无人入睡——我心想。

我不会骑马。挤有轨电车是高手。但有一次我也出了事故。蠢事一件，不值得回忆。曾有人问我："您究竟是怎么回事？"我不知如何回答。

斯塔霞小姐，两杯。

我既不是从盐里也不是从田里长大的……我牙疼。

艺术或生活。可以说很多。例如有这么一只达克斯狗。"达克斯狗坐在树上，它对人们感到奇怪，为何他们中任何一个也不知道，幸福到哪里去找。"这是摘自阿斯内克的诗，[①] 他是这么写的。

[①] 亚当·阿斯内克（1838—1897），波兰现实主义诗人。

斯塔霞小姐，再来一杯。

我认识一位导演。他有才能。你相信吗，我已得了风湿病？这是由于水，大自然能对我们干许多坏事，只要它想干。

我非常喜欢植树。每个森林节都是我的节日。森林就是健康和牛奶。

斯塔霞小姐——跟上次一样。

我，兄弟，从来不难受。确实，有时会遇到某个幸灾乐祸的人。我从来不向这种人伸手。归根结底我们可以高高兴兴地活着，只要有高兴的理由。你在谢顶吗？我也在谢顶。

"一切都过去了，我的头发稀疏了。马死了，我们的庄园荒芜了……"这是摘自叶赛宁的。这里面有点什么值得考虑的东西，就像某人指着棺材说的那样，棺材里躺的是他的父亲。

斯塔霞小姐……

长颈鹿

尤泽费克（他是个看起来非常可笑的人，因为他的头发往前长）有两个伯父。他们中每个人都不一样。

大伯，年纪最长，居住在恶心街——一条紧挨修道院的狭窄胡同的一座平房里（"上帝，我宁愿住平房，"他常说，"而不愿要所有你们那些现代化的玩意儿，那些楼房以及诸如此类的东西"），他住着一个宽敞的房间，塞满了又厚又旧的书。那些书放在书架上，有一半给蠹虫啃掉了，后来那些蠹虫又因无聊而纷纷死去，满嘴还塞满了木头。有一次，尤泽费克在伯父家小住，不小心碰着了书架，有本书落到他的头上。尤泽费克被砸得摔了个跟头，伯父家的女仆不得不到药房去买绷带。那本书的书名是《精神对抗物质》。

伯父从不走出房间。他总是坐在高高的斜面阅书台旁边，并在写些什么。那必定是有趣的东西，既然四十年来他一直在写同一件事。无论如何这部作品的骨架是构思："主要是，世界简述，即世界可能会是什么模样，假如地球不是圆的而是扁的"。

有一次尤泽费克向伯父提了个问题：

"伯伯，长颈鹿是什么样的？"

这个动物是什么样子，伯父没有概念，因为自打二十岁起他就在写上述作品而不曾走出过房间。他也不曾读过任何其他的书，除了《论绝对理想》《论绝对意志》《论世界的主观理想性》《论非超念性》《论印象》和《唯我主义的古老综合性》诸如此类的文章外，当然他读过的还有上述那本《精神对抗物质》。

你们会问：二十岁前他都在干什么？

二十岁前他的注意力为脸上的青春痘所吸引，到了这种地步，以致整天坐在镜子面前挤痘痘，可无论如何都去不掉。而动物园他根本就未曾去过，只因他担心在那里会碰上动物生活中的不雅场面。

侄儿的问题让他大吃一惊，但他竭力稳住不让人看出自己心虚。只缘他信仰的不是不可知论，而是纯粹的形而上学。作为信仰主义者在自己六十年的生活中他习惯于确信，有关宇宙本质的全部知识从一开始便已向人点化了出来。显而易见，在这样的环境里有关长颈鹿的知识，于他不过是细节而已。

"你明天来，"他说，"那时我会告诉你。"

尤泽费克走后，伯父拉上了厚窗帘，点上了蜡烛，把一副骷髅头骨放到办公桌上。前半夜的时间他以十字形姿势躺在地板上，后半夜的时间他消耗在研究学问上了。

翌日尤泽费克来了。伯父对他说:

"你想知道,长颈鹿是什么样子的吗?告诉你,长颈鹿是这样一种动物,它有三条腿,头上有角,马尾巴,只吃带奶油的蘑菇。你可以走了。"

"可是冬天它们吃什么?冬天不是没有蘑菇吗?"

"冬天它们吃醋渍的蘑菇。"

尤泽费克表示了感谢,走了。这位大伯总是让他畏惧,也让他充满了敬意。尽管如此,他还是觉得,长颈鹿问题仍然没有得到解决,主要是因为那些蘑菇。

他决定去找二伯父。

这位二伯父,就像有时在家庭里发生的情况那样,完全不像大伯。二人装作彼此互不相识。这位二伯父过的是非常积极的生活。他是一家报社的编辑。

在家里总是碰不上这位伯父,他太忙了。尤泽费克把电话打到了编辑部找他。

"喂,伯伯,我是尤泽费克。"

"是我,有什么事,同志?"

"伯伯,我想问问,长颈鹿是什么样子的。"

"您到《讲演人笔记》里去查查。"

"那里没有。"

"那就到《路德维希·费尔巴哈》里去查找。"

"我们已经查过了,那里也没有。"

"那就到《反杜林论》里去找。"

"也没有。"

"必定有!"

"就是没有。"

"怎么回事?在《反杜林论》里没有?!您能想象吗?!"

伯父咔嚓一声放下了电话。

当他还是个小男孩的时候,像尤泽费克这种年龄,曾在"动物"马戏团的一张画片上见到过长颈鹿。这些画片是"克内普"公司无偿外加在一小袋菊苣包装上的——目的在于做广告。因此二伯父对长颈鹿有一定的概念,但他不肯承认这件事,因为此事发生在战前,在"健全化"时期。于是便吩咐不准任何人进入他的办公室,他自己关起门研究马克思主义藏书。然而尤泽费克的话确有道理。无论是在《路德维希·费尔巴哈》还是在《德国古典哲学的末日》,无论在《反杜林论》还是在《资本论》中,都找不到提及长颈鹿的地方。哼!甚至找不到"长颈鹿"这个词。

找遍了所有甚至最细枝末节的出版物之后,他愣了半天,思忖自己的处境。他是这么想的:

承认"克内普"的那一小袋菊苣。不，他不想这么做。他认为，这样做会把自己摆放到低于成千上万人的一等的位置，那些人在战前甚至买不起菊苣。

宣告自己不知道长颈鹿是什么样子？不，不能。威信何在？他是那么深刻地接受了客观世界可知性的理论，曾不止一次暗示，他对万事万物无所不知。即便有什么是他不知道的，他也坚持不能承认这一点。

终于——到某个动物学课本里去寻找对长颈鹿的描绘？不，无论如何他都不肯这么做，因为他认为这是狭窄的专业，是滑入客观学问的泥潭。

当尤泽费克再次给他打电话问及长颈鹿的事，他粗鲁地回答说：

"没有长颈鹿。假如你想知道，狗或者兔子是什么样的，我可以告诉你。"

"怎么？没有长颈鹿？"

"嗨，没有。无论是马克思还是恩格斯，或是他们那些伟大的继承者都不曾写过有关长颈鹿的事。这就意味着没有长颈鹿。"

"但是……"

"什么'但是'，什么'但是'……"

尤泽费克放下了听筒，叹了口气，就到某个年轻人那里去了，他是学校少先队组织的监护人。这个年轻人头脑正常。他说：

"就为这么点事，你且等到星期三。我们一起到动物园去。到了那里我们会把所有事就地弄得一清二楚。"

果不其然——他们去了，见到了长颈鹿，讨论了它……尤泽费克表示了感谢，沿着栗树林荫道回家；他用一根木棍把沿途的栅栏敲得咚咚响，脑子里在深刻地思考着什么。沿途他卖掉了自己的书包。他走进了一家文具店，后来又进了咖啡馆。

次日，正午时分，信使直接闯进了二伯父——编辑部的办公室，送去一束美丽的玫瑰花，附带了张写有如下内容的卡片：

亲爱的兄弟：

为何你从来不肯来看看我？我们本可一起聊聊我们共同的青春，聊聊家庭，聊聊尤泽费克，聊聊长颈鹿……

愿上帝保佑你。

你的兄弟

至于大伯父，他在尤泽费克某次拜访之后，重新回去写自己的论文，在墨水瓶中发现了一只死耗子。

绝大多数小男孩都没有足够的钱，以至于买不起第二束玫瑰花。

教区神甫和消防乐队

一个星期六的下午,时辰接近傍晚。

农村里消防乐队在教堂前集合。勤劳的蜜蜂在开花的椴树冠上劳作。时不时它们中就有一只掉进了铜号,在里面敲打一阵,带着愤怒的嗡嗡声逃向了自己的一方。

而乐队在集合,要开个音乐会。

村子不大,它的每一端都能非常清晰地听到喇叭声。村民们坐在门槛上。土台上,比较富有的农民坐在带靠背的小长椅上。大家都竖起耳朵听。

乐队指挥发出了信号:

各种乐器一齐奏响。

它们的声音传到了神甫私邸,教区神甫老人就住在那里。他不参与政治,一心采集植物标本。

教区神甫听到了世俗音乐。

他拿起了手杖——没有手杖走路越来越困难,沿着从私邸到小教堂的林荫道,踏着小碎步匆匆走去。

神甫老人打开通向教堂场院的小栅门。门已经生了锈,旧了。

在庭院里他站住了,把一只手捂着耳朵。

他们现在演奏的是这个曲子。

"他们在上帝的殿堂前面演奏世俗歌曲……啊，那些恶棍！……"

"哈，我让他们瞧瞧，"好心肠的老人浑身发热。他走到了第二个小栅门，从教堂的庭院到小广场就要走这道小栅门。从这里看消防乐队一目了然。六个带铜号的消防队员，都戴着头盔。乐队指挥的头盔上饰有一根白羽。显然：他年轻，喜欢表现自己。

"一帮淘气鬼……但是要知道……我也曾年轻过。"

于是老人回想起，那还是在宗教学校，他们怎样在庭院里打棒球。

不过还是应该把他们痛骂一顿。要知道他们站着演奏世俗歌曲，而且就在教堂的前面。

椴树散发出浓烈的香气。在乐段之间短暂休止、消防队员们往肺里吸一口气的时候,听得见蜜蜂的嗡嗡声。

对于人和人的弱点,伟大的谅解充满了老人的心。他本人……已经历了多少……难道我们不应该宽容别人的缺陷?难道跟人的生死相连的痛苦,不能抵补这些小小的恣意妄为?

"然而不管怎么说他们都不该这么做,这像什么话?……"他还在生气。

小栅门嘎吱响。消防队员朝那儿瞥了一眼,停止了演奏。教区神甫向他们走来,皓发白须,挂着拐棍儿……他们谦卑地鞠躬行礼。而他站着不动,抬起一根手指向上点了点,又朝下点了点,说道:

"欤!……欤!……"

但是与此同时在他那双蓝眼睛里仿佛闪烁着活泼愉快的光。然后他就转向了神甫私邸花园。

消防队员们继续演奏着。

遗　憾

今天天气异常晴朗，太阳自由自在，整个行程沐浴在一派光华灿烂中。这灿烂的光华正是从无比蔚蓝的晴空向我们流泻而来。树枝上栖满了小鸟！简直让人难以置信，我们竟然会有这许多鸟！我们一直满腹牢骚地活着，在经历了那些挫折和错误的年代之后，直至这样一个隆重的日子到来，我们才会相信，我们的鸟类有多么繁多。那些鸟儿在唱歌，在如此前所未有地忘情歌唱，都让我们觉得，这不是鸟儿啁啾，简直是马匹在嘶鸣！

就在此时，检阅台前正好走过一支运动员队伍，他们的肌肉光滑，纹理清晰，绷得很紧。他们的躯干向前伸，腰向后仰！毕竟我们是在生产铝，而且将会生产越来越多的铝。这是我们的青年，青年——不会让人失望。他们朝检阅台的方向招手，在呼喊着什么，但一切都被这简直是前所未有的鸟的歌声淹没了。

又一支队伍走了过来。紧跟运动员后面走来的是养老院的老人和幼稚园的孩子，老少混搭，亲密无间，在一个口号下前进："老人和孩子——孩子和老人团结起来！"他们走过来了，那些迄今被错误地遗忘了的人来了。可惜，诸位不能亲眼看到这个场面！那些浅黄色的小脑袋旁边是身着带条纹礼服，或者直言之，穿灰色的家常长衫、睡衣、短上衣的老人，他们脸上的皱纹在阳光照射下闪闪发亮。有些小孩还不会好好走路，他们被五个一组捆在一起，拴在比较强壮的老人身后。老人中有一些盲人，他们听从孩子们的呢喃指挥。这些孩子是我们出色的现代化的弃儿。而现在是口号："向右看……"所有那些身体右边瘫痪的人，所有那些右肩神经抽搐的人——多少年来他们一直在等待这个时刻，只有此刻他们才能充分表现。他们已经在经过检阅台。一个老人开始鼓掌欢呼，可是他的一只手掉在了地上。一个公安人员赶紧跑过去捡起来递给了他。老人表示感谢，而年轻士兵挺胸行礼作为答谢。

他们走过去了。但这不是游行的结束。啊，不是！已经可以听到某种咚咚声，仿佛是敲打木桶，仿佛是用鞋后跟相碰发出的响声，仿佛是沙沙声，脚步声。瞧，他们已经来了！我们无可比拟的康复了的残疾人！一组戴墨镜和手执白拐杖的人走错了路，要不是那些截去了一条腿的莽汉，以如此神奇的想象力使用自己的木头拐杖，他们差点就要拐向一条横街。于是整个队伍行动一致，扑向了检阅台。太阳在假肢上闪耀，我们看到动人的画面：这里两个一只手的人想要合起来鼓掌，那里某个哑巴想喊"万岁"，但是喊不出来。

更远一点儿的地方,残疾人车队疾驶而来,调动得十分灵巧。太阳在镍辐条上闪耀。至少我们已在生产镍,而且我们将生产得越来越多。可惜,诸位不能看到这一点!

他们已经过去了,街道也是空荡荡的,但请诸位不要以为游行结束了。啊,没有!

现在走来的那些人,假如不是死了就能看到他们。肯定能看到!太阳在照耀。所有那些因错误和挫折而死亡的人在齐步前进。检阅台在向他们致敬,鸟儿在歌唱。他们像活人一样行走!这就是所谓的态度和理解!他们高兴地抬着自己的棺材,走到检阅台前行注目礼,直到眼睛发痛。他们肯定在走!我们是栎木的强大出口者,而且我们将更为强大。他们走着,为终于等到了这个时刻而自豪。鸟儿在歌唱。

可惜,诸位没能看到!

***

我第一次见到她的时候,她是陪同上校,此人走近她,用一只手卷着胡须,另一只手却伸进她胸前的领口深处。我是个轻信而开朗的男孩,所以我根本就不曾感到奇怪,简而言之,我以为,上校丢了什么东西,他想找回自己的失物,是天经地义的事。直到一个军人说的话,才让我想到,这个手势可能含有色情意味,只听他说:

"喏，怎么样，小小的吧？"

"嗬！"我心想，"原来不像我想象的那样高不可攀！"这个发现似乎被一个事实证明了，那就是次日我看到她跟三个尉官结伴骑马。那时想当一名男子汉的狂妄渴念便在我心中萌芽。接下来的一周我暗自鼓劲，等待能表现狂妄的适当时机。这一刻转瞬便到来了。我克服了所有的障碍，在街心花园向她深深鞠了一躬，同时——尽管我为自己的放肆吓了一大跳——我带着和蔼可亲的微笑对她说：

"早安！"

她受到如此无礼的冒犯，点了点头，高傲地皱眉蹙额，从我面前走了过去。

我羞得满脸通红。怎么可以如此厚颜无耻？我这个蠢货活该受此冷遇。假若不是怕显得更加厚脸皮，我是多么乐于跟在她身后奔跑，喊着请求她原谅，努力使她信服，我不是那么厚颜无耻——由于我丑陋的表现，她肯定把我看成了一个寡廉鲜耻之徒。

以防万一，我一连几天不跟她照面。附近一带军队调防的消息，我也仅仅是根据他们的某些演习或类似的活动来猜的。我只是在傍晚才走出家门，到空无人迹的林荫道上散步，将时间赋予幻想和决心。至于说我在那里看到她穿过丛莽走过来纯属偶然。幸好她不是独自一人，否则我必须战胜自己的羞涩，做出决定，是否走上前去，并且诱惑她。一个骑兵的在场，使我避免了这次决择。

然而几天的独处却有这样消极的结果，使我失去了判断力，随时随地都能跟她相遇，除了在灌木丛，在什么宴会上，在哪次狩猎时或者在哪次奠基庆典上，总之，是在我觉得最适合施展我的诱惑的那种环境里。

然而命运却来帮了我的忙。在一次和某个相识的人交谈中突然听到她的名字。绕了一圈回到原点，我装出一副最无所谓的冷漠嘴脸，表示对她这个人毫无兴趣。我这位熟人探身窗外并连吹了三声长长的口哨，然后转过身来脸冲着我，说道：

"我把她留在院子里，为的是让她不要打扰我。"

当她来到楼上时，我的熟人做了介绍。我亲吻了她的手，尽管她向我投来高傲的一瞥，我还是展示出我精巧的幽默才能，让谈话不断高潮迭起，妙趣横生。这时天渐渐黑了，我受到自己演说术的激励决定比以往更前进一步，我的手悄悄地一寸一寸向她移动。当碰到的手不曾后撤时，我的欢乐是何等之大呀！陶醉于这初步的胜利，我说得越来越漂亮，实际上我的注意力是集中在对那只手的温存爱抚上。我越来越陶醉，假如不是我在离她如此之近的地方找到的那只手，从解剖学上来看我不可能怀疑那不是她的手，却突然发现实际上那是我朋友的手。

然而后来我对此事的遗憾不像起初那么厉害了。因为半年后在一次共同参加的庆典上，我抓住了她的手，这一次是货真价实的，她温和却坚定地把手缩了回去，还友好却严厉地补充说，我这样做完全出乎她的意料。她使我羞愧难言。

翌日我去给她送花。在昏暗的前室我被一只鼓绊倒了，就是团队里鼓手常用的那种鼓，我摔得很痛。再说当时其实她不可能接见我，就像她第二天对我说的那样，她得了重感冒躺在床上起不来。

终于，而这似乎已是第二个春天，她情非自愿地向我宣称，说傍晚要到我这儿来借火柴。此前在各种不同的狩猎场合、招待会和奠基典礼上，我总共见过她十几次。我决心表现出绝对的粗暴。

可是她却善于调动我的荣誉感，并且表达了她自己的绝望，说我跟别的男人一样，而她对我的评价总是更高，但愿她没有弄错。接下来她便向我借火柴。因为我把火柴的事忘到了九霄云外，不得不出门去买，跑回来借给她。她冲我点了点头，我激动地行了个举手礼，她扬长而去。

我终究不应该抱怨。她提起我时似乎怀有好意。她说我是个非常文雅的人。

士兵纪念碑

我们这座城市有座一九〇五年建造的无名烈士纪念碑。碑主在革命时期死于暴君之手,他的同胞给他立了一个不大的坟丘,五十年后在这个坟丘上建了个台座,带有刻在石头上的题词:"永垂不朽"。台座上站着个正在挣脱枷锁的年轻人塑像。一九五五年举行了隆重的纪念碑揭幕仪式。所有的官员都发表了讲话。许多人送来了鲜花和花圈。

过了一些时日,市立学校的八名学生决定向起义者表达敬意。历史教师很善于利用自己的课堂,学生们被他卓越的口才深深打动,以致他们课后集资买了花圈。他们排好了小小的游行队伍,向纪念碑进发。

在第一个转弯处有个穿深蓝色大衣的小个子男人遇上了他们,他仔细瞧了瞧他们,接着跟在他们后面走着,与他们相隔一定的距离。

他们路过老市场。人们没有注意到他们。游行——是再普通不过的事。

老市场周边几乎无人居住，那里也少有建筑物。圣约翰教堂在奥莱伊，几幢旧房子改建成了政府机关和博物馆。

当他们站立在纪念碑前面时，穿大衣的男人快步走到他们身边。

"你们好！"他叫喊道，"举行小小的纪念会？很好。多半是周年吧？事情那么多，我都记不清楚了……"

"不是，我们只不过是……"一个学生回答。

"怎么，'不过是'？"那人的鼻子翘得那么高，以致鼻孔里灌了风，"怎么，只不过是？"

"我们只是想要纪念在为人民的自由而斗争中牺牲的革命者。"

"啊哈，您是区里来的吧？"

"不，我们是学校来的。"

"怎么，区里谁也没来？"

"没有。"

他若有所思。

"也许是学校命令你们来的？"

"不，是我们自己。"

他走了。男孩子们正要献花圈，他们中的一个叫喊说：

"他回来了！"

果不其然。穿大衣的男人又出现了。这一次他停在十几步远的地方，开口问道：

"也许现在是向无名革命者深刻致敬月吧？"

"不是！"孩子们齐声叫喊说，"是我们自己！"

他走远了。孩子们献上了花圈，已准备回家，他又一次出现了，但这次陪同一个民警。

"请出示证件。"民警对孩子们说。

孩子们把学生证递给他。他仔细瞧了瞧，行了个举手礼。

"正常。"他说。

"根本不正常！"穿大衣的男人反驳道，同时转身对学生们说，"谁命令你们献这些花圈？"

"没有人。"学生们回答。

穿大衣的男人容光焕发。

"也就是说你们承认了？"他叫喊道，"是你们自己说的，举行这次向无名革命者致敬的游行既不是学校领导、也不是青年团、也不是区委会、也不是市委会、县委会组织的？"

"当然，不是。"

"你们说这献花圈既不是妇女协会、也不是一九〇五年友好协会倡议的？"

"不是。"

"你们说既不是纪念周年、周月，压根儿什么也不是？"

"不是。"

"就是说你们甚至连一份通报也没有？是你们自己？……"

"是我们自己。"

他用手帕擦了擦额头。

"中士。"他说，"您知道，我是谁。立刻把他们的花圈拿走。而你们——解散！"

孩子们默默无言地离开了。跟在他们后面离开的是背着花圈的民警。留在纪念碑前的只有身穿深蓝色大衣的活动家。他疑惑地检查了塑像，又仔细查看了四周。不久便下起了雨来。细小的雨点落到深蓝色的大衣上，落到起义者的石头衬衫上。天色变得阴沉灰暗。银色的水珠儿慢慢布满塑像的脑袋，在石头耳朵上摇摇晃晃，宛如戴上了耳环，在空洞的大理石眼睛里闪闪发亮。

他俩就这样面对面站着不动。

时代背景

我搬了家，房子所在的街道几十年前已是城市的一条主要干道。房间的天花板很高，底层的两个窗子也是又高又窄，宛如防御工事上的射击孔；门同样是被过度加长的，门把手是暗黄色，还带有浮雕装饰。房间内灰蒙蒙，整天盘踞着不可战胜的昏暗，它只是在正午时分才略微向墙角和天花板后退了一点，但是一到下午它又厚颜无耻地重新爬了回来。窗口能看到的只有对面一排同样的瞎窗子，因为在它们内部笼罩着同样的昏暗。窗台上方流动着路上行人的帽子，仿佛是某个地方有座城市淹没了，淹死的女人和男人的帽子漂在水面，如今水流不停地把这些帽子带走。不间断的沙沙的脚步声透过窗玻璃传进房里，也使我经常想起河流。

有一次窗前水面上众多帽子之间流过一顶与众不同的帽子——一顶黑色的礼帽。它流过来又消失了，流向了远方。但是就在一分钟之后有人按门铃，当我打开门时——那顶礼帽出现在一位老先生的头上。他在门口擦脚,虽然一周以来干旱无雨,门前也没有擦脚板。这位老先生倾了倾自己的礼帽,询问是否能进来。

他走进房来后便东张西望,开始说些令人纳闷的话,同时从衣袋里抽出一张对折的报纸。

"我带来了解法。"他说。

"什么解法?"

他向我伸出报纸。报纸有一种用旧了的多米诺骨牌的颜色。印刷的铅字字形如今已经不用,字母立在狭窄而高的腿上,它们的脚掌和小脑袋都是用极细的横线标明的。一份通讯报导的日期落入我的眼帘:一九○六年六月六日。本周在巴敦—巴敦……

"十字画谜。"他见我不明白便将报纸递给了我。

在第二页有个十字画谜,旁边是写得很仔细的解法——用的是舔上吐沫的化学铅笔。

"我看到了。"

"全部解开了。"

"不错。"

"我根据地址送到编辑部来了。我宁愿亲自送来。但是似乎这里已经没有编辑部了。"他瞧了瞧房间里的家具补充了一句。

"确实,已经没有啦。如今这里是私人住宅。"

"真遗憾。我什么都解开了。可如今编辑部又在哪里呢?"

我耸了耸肩膀。

"当我搬到这里来的时候,在我之前也是私人住宅。"

"而再以前呢?"

"我不知道,似乎再以前也是私人住宅。"

"太遗憾了,我独自解开的。"

"可能这里曾经是编辑部,但那是很久以前的事了。"我没好气地说道。

他点了点头。

"不错,五十年前。"

这个半知识分子的人开始使我丧失镇静。

"您把自己的画谜怎么办!您大概知道,从那个时候起发生了许多变化!"

"难办,我不是教授,先生,您知道,所有的扣都是我独自一步步解开的。"他委屈地说。

我们默默无言地待了片刻,后来我瞥见了他这份报纸的名称。我不禁怒火中烧。

"您是否知道,您手中的这份报纸是实现居心险恶分离少数民族政策的君主制度的机关报?"

"那是个星期天。叔叔到我们家来,他衣服口袋里就装着这份报纸。我们坐在花园里,因为天气热。父亲和叔叔说他们要打牌。

我想跟他们一起玩，但是父亲不允许我打牌，他说我还太年轻，说等我长大成人就能打牌。后来他们脱下了西服上衣，穿着背心，开始打牌，而我从上衣口袋里抽出了这张报纸，因为叔叔的上衣就挂在樱桃树的一根大枝上。这样我就开始解画谜了。"

"直到现在您才结束……"我尖酸刻薄地说了这么一句，"那是很难的，先生您知道。不过您知道什么是'完全适合'吗？而寻找完全适合的地方更难。先生，您可知道第一次世界大战？"

"他们让我离开了部队。"

"先生您真可笑。如此的急剧转折，如此不同寻常的大跃进，魏玛共和国，全民投票……"

"您以为，这是那么容易的事。我们在一九一〇年还不太清楚'飞艇'的横向应该是什么。直到我忽然发现'自行车'和'草药'——您知道，换句话说就是植物——那时我才解开了这个谜。"

"可是先生，您是在刺激我的神经。一九二九年经济危机，而您一直在玩这种十字画谜……"

"也许我不是特别有才气，先生。也许您觉得我花的时间太多。但是我不得不工作，先生，解十字画谜我主要是在晚上。"

"而先生对希特勒也满不在乎？对西班牙也漠不关心？那时先生，您都在干些什么？"

"我不是对您说过吗？所有的结都是我独自解开的。有许多外文字。不过，脑袋是干什么的？"

"先生是所罗门，"我冷冷地挖苦道，"多半在第二次世界大战期间先生您也是这么坐着猜十字画谜？先生是爱因斯坦，但原子弹不是先生发明的。先生您不会！"

"发明原子弹？我没有做过这工作。先生以为老年人就这么容易吗？在学校学到的所有东西全都忘光了，还有许多别的烦心事。然而我可以说，我没有屈服。"

我大笑起来，不怀好意。他吓了一跳，然后站起身，说道：

"请不要笑。炸弹不是我发明的，可这有什么办法？一九一四年他们让我离开了部队，可子弹还是打在了我的头上，只是稍微早一点，在黑山。先生您尽管笑，但是人类的思想必须要尊重。您瞧，这十字画谜。人类的思想不会消亡。"

在抽屉里

今天早上,我拉出写字台中间的抽屉,寻找我的眼镜——我看到里面有两个活生生的小人儿。在眼镜盒和装相片的信封之间,站着一对不大但很可爱的年轻人。他——高度有我手掌的一半,笑容可掬,一对蓝色的眼睛闪闪发亮;她——跟我的中指一般高,小巧玲珑,金发碧眼,头发梳向脑后,有如一片金灿灿的刨花,轻轻抚摸着她的背脊。他们挨得很近,彼此对视,无限深情。我打开抽屉的时候,他们先是一惊,同时把脸转向我,而且不得不朝我仰视。对于他们,我像上帝一样巨大而深沉。我淡然一笑。我的微笑,对他们一定不啻于天空放晴。事实上他们并没有表现出恐惧。他俩手牵手朝我胸前走近了几厘米。我穿深蓝色毛衣的胸脯靠在打开的抽屉上。他们的脚步在一本垫抽屉的绘图周刊上沙沙响。我低下头,感到我的每个动作对他们就如同发生地震一般。我无法看清他们的眼神,因为他们太小了,就像深色的苎麻籽。他们十分自如地向我解释说,他们遇上了麻烦,因为她妈妈不同意他们的亲事。看样子是想求我帮忙。我刚吃过早饭，情绪很好。在我的抽屉里原来隐藏着许多生命，许多感情和许多问题，那儿有个大千世界。我首先发现他们这一对只不过是出于偶然。原来他们有近亲也有远亲，都住在我抽屉里的一些小小"斗室"里。那儿甚至有一条"小街"，也许还不止一条。不管怎么说，我的抽屉里还一直充满了思念，充满了爱和纠葛。发现这一点我感到惊诧不已。他们有自己的事情，可突然在他们的生活和我这个人、我的手以及我的声音之间找到了某种联系，这给我带来一种奇异的、前所未有的愉快。因为我出乎意料地成了他们的无上权威，像这样无缘无故插进了他们的生活并能对他们的生活进程施加影响。他们是那么微小，实际上他们于我什么也算不上，而我于他们可能就是一切。

再说一遍，我当时情绪很好，因此立刻就接受了他们的请求，答应跟金发小姑娘的母亲谈一谈。想到自己在她母亲面前将会有多么高的威望，我不禁暗自高兴。当我更仔细地看过抽屉之后，发现那儿竟有一个小天地，可我从来连想都不曾想到过在这小木屉里会有这么一个小天地，我显得很仁慈，很友好。窗外是八月的晴天。我跟他们开玩笑，笑得很欢，我甚至走到镜子跟前，想看看自己的眼睛——这双眼睛是灰绿色的、猥亵的，跟他们灵稚的苎麻籽粒似的小眼睛相比，简直是大得狰狞。后来我很委婉地告诉他们，现在我得出门去，于是便进了城。

在咖啡馆里我见到了曾经欺骗过我的那个家伙。正好天色转阴，下起雨来。我回家的时候虽然已不再下雨，但凸凹不平的街道上到处是水坑。载重汽车经过的时候溅起老高的稀泥。我躲到墙边，可一点用处也没有。我的一条浅色的裤子，我非常珍惜的一条裤子溅上了斑斑点点的污泥。

到了家里，我拉开抽屉找衣刷。我那位年轻的熟人站在那儿，对我打了个手势，胆怯地微笑着对我解释说，现在正好有机会，请我去帮他们……

我抬起手，烦躁地把他们统统扔了出去。

事　实

我向您忏悔，神甫……哎呀，我不知道，我是否会……神甫是否能……我有丈夫……？

您是说？哎呀，不，不，又怎么啦？我跟他结了婚，当然啦。管风琴演奏，我穿着长长、长长的白婚纱。有神香和百合花。我说过"愿意"——所有人都兴高采烈，妈妈哭了，而且……

……？

马上，马上我就要说到。我那时年轻，是个穷姑娘。我有一双大眼睛和两条长辫子。他乘着小汽车来了。他长得高大、强壮。他把我领到小山丘上，用清晰而洪亮的嗓音谈到未来。他满脑子的计划。我依偎在他闪闪发亮的金属扣子上。我喜欢用脸去触碰它们，我能在扣子里看到我自己，就像照小镜子一样。

……？

是的，是的，当然啦，神甫，我明白，这是虚荣心，是的，我非常抱歉。后来我们结了婚。

……？

　　啊呀，没，婚后，他没有变。他总是那样坚决果敢，却很温柔。当然啦，有时会有误解，但不危险。我们吵架的时间从来都不长……

　　……？

　　哎呀，神甫，怎么神甫又来了……是的，我听说过这件事，但不是他，这是……从来不，怎么可能，完全没有的事。

　　……？

　　也许，我不知道。不过这是我在忏悔，而不是他。是我……是我来……我……需要……帮助……主意……慰……藉……没，我没有哭。请神甫握住这只手。

　　……？

　　当然，我是出于爱情嫁给他的。我这可怜人有什么过错？请神甫去问，神甫爱问谁就问谁，那时所有人都尊敬他，他是那么能干，那么有功！……

　　……？

　　请？

　　……？

　　我？从来没有！确实从来没有。我一次也没有背叛过他，甚至在思想上也没有背叛过一次。我是忠于他的。神甫不信吗？

……?

不。

……?

不。

?……

还是不。

……?

到底是怎么回事?哎呀,神甫,我到这里来……这太难以让人相信了。在七年的夫妻生活之后……今年我们去了夏令营。我劝他休息休息。他有自己的岗位、工作、国家、巨大的责任。早晨我们面对面坐着共进早餐。他身后是敞开的窗户,窗外是花园的景色、树木。房间的墙壁铺了带粉红小花的壁纸,成千上万小小的粉红色花朵。就在他举起茶杯的那一瞬间,我朝他瞥了一眼,正是那种平常的、无意之间的一瞥。就在那时我看到……

……?

恰好——什么?怎么,为什么,七年来我跟他共享一张桌子,一张床,为什么只到现在?请神甫给我出主意该怎么办,因为如果这是罪恶……

……?

那时,直到那时我才看到,他是个塑料人。

……?

是的。整个。人造的。我冲他俯下身去。显然我的双眼瞪得老大,因为他把茶杯放在一旁,用平静的声音问道:"出了什么事?"要知道现在我已经不会弄错,他总是这样,他是塑料人。整个都是塑料的!为什么直到现在我才确信这一点?!喏,现在可怎么办?!

……?

宣布婚姻无效?可是,神甫,这样做是愚蠢的!可我跟他已经有孩子啦!

有关齐格蒙希的表白

新学年开始了,最终我得说,有关齐格蒙希我知道些什么并非离题太远。齐格蒙希在我想象中出现并非自今日起。他最近一次出现的时候,我不得不坐在藤椅上发表有关齐格蒙希的独白。这是几个仅靠星光照耀的明亮夜晚之后,第一个月明星稀的晚上。今天我甚至知道,齐格蒙希是什么模样儿。他面色苍白,细脖子上顶着个大脑袋,一双招风耳,在刘海儿掩盖下的是满布思虑的前额。

他用来诱惑我这可怜的想象力,禁锢它,而且永远钉在了齐格蒙希名字上的第一个题目是蜗牛问题。每个人都觉得自己知道什么是蜗牛。但是齐格蒙希是以他自己独特的方式探索蜗牛的。让我们翻开他的小练习本。在"上帝保佑"的标题下我们读到他这样的作文:

"蜗牛是借助伸出角猎取食物维持生命的小动物,它伸出角获得一定数量的奶酪,由奶酪做成饺子。"

在学校里齐格蒙希问:

"要是蜗牛去散步又想去踢人,那么它会用那只脚?"

对此老师回答说:

"齐格蒙希,要知道蜗牛只有一只脚。我们讨论蜗牛的时候你为什么不注意听?啊哈,我记起来了:因为当时你坐在课桌下面。"

但是齐格蒙希并没有给弄糊涂。应该公开承认:齐格蒙希撒谎。他回家后,对在学校里都干了些什么的问题他是这样回答的:

"老师说,蜗牛用左脚踢,可我告诉他,这是错误的,因为蜗牛只有右脚。但是他没有注意,因为他坐在课桌下面。"

然而蜗牛到底还是让齐格蒙希着迷。过了几天之后,齐格蒙希问他的小叔叔:

"如果蜗牛要去参军而且想有两只脚,以便获得批准,它不能向同学借第二只脚吗?"

"不能,齐格蒙希,因为同学也只有一只脚。借给它自己就没有脚啦。"

"而这第二个同学不能向第三个同学借一只脚吗?"

"不能,因为第三个同学就会什么都没有了。"

"这第三个不能向第四个借吗?"

"齐格蒙希,已经晚了,睡觉去吧。"

"这第四个能向第五个借吗?"

"齐格蒙希,你还是到院子里去玩儿吧!"

"而这第五个能向第六个借吗?"

"齐格蒙希!"

"叔叔……"

"嗯?"

"假如我是只蜗牛,或许我有三只脚,我就会借给同学一只。"

"这很好,齐格蒙希,这说明你有一颗善良的心。"

确实如此。有一次,红头发的托梅克折磨一只小动物,齐格蒙希说:

"你等着,你等着!要是上帝把你抓住,会让你有好瞧的!……"

可毕竟他心中有点什么,竟然招致彼此不信任和不能畅所欲言的情绪。有一次,他走进教室,没有脱去贝雷帽。老师提醒他:

"齐格蒙希,你为什么没有摘下贝雷帽?"

"因为妈妈说,让我不要摘掉贝雷帽,否则我会感冒。"

而回家后他又说:

"妈妈,我已经感冒啦,因为老师命我摘掉贝雷帽。"

第二天他没有上学。后来老师问他:

"齐格蒙希,昨天你为什么没来上学?"

"因为妈妈说,哪里都好,但家里最好。"

老师在课堂上讲解学习材料时说到,人为了防寒如何随着时间的推移逐渐学会了利用动物的皮毛和植物的纤维,把它们拿来给自

己缝制暖和的衣服和头上的帽子。齐格蒙希思想开了小差,扬言:

"我爸爸戴礼帽,因为他说,要是什么时候他到湖边散步,掉进了水里,礼帽会留在水面上,人们会知道要在什么地方寻找爸爸。"

他想了想又补充说:

"我们已在家族墓园买好了地方。姑姑说,在一起总要爽快得多。"

齐格蒙希就是这样的。你们要留心他。可爱,但……

很快又会有月明星稀的夜晚。

鼓手的遭遇

我爱我的鼓。我用一根宽带子系着鼓,挂在我的脖子上。这面鼓挺大,敲打淡黄色鼓面的鼓槌是用栎树木头做的。随着时光的流逝,我的手指已把鼓槌磨得铮亮,这也表明了我的勤奋和爱好。我常常背着这面鼓在大路上走,大路上有时一片尘土,白茫茫的,有时一片泥泞,黑乎乎的,大路两旁的田野随着季节的变化,交替出现绿色、金黄色、褐色和白色。可是,我的鼓不受季节变化的影响,不停地发出急促的咚咚声。因为我的手已不属于我自己,而是属于这面鼓的了。一旦这面鼓沉默下来,我就会觉得浑身难受。一天傍晚,正当我精神抖擞地敲打着这面鼓的时候,一位将军走到我面前。他衣着不整,上身穿件短上衣,没有扣扣子,袒胸露怀,下身穿的是一条衬裤。他跟我打了个招呼,干咳了一声,接着便赞扬起政府和国家来,最后他似乎是漫不经心地说:

"您总是这样不停地敲鼓吗?"

"是的!"我高声回答,同时敲得更有劲了,"为国争光!"

"说得对,很对。"他点点头表示赞同,但显得有些忧心忡忡。

"您还要这样长时间地敲下去吗?"

"是的,将军同志,只要我还有力气!"我兴奋地回答。

"噢,好小伙子!"将军夸奖我说,同时伸手挠了挠头。

"你能这样敲多久呢?"

"一直敲到死!"我自豪地大声说。

"嗯,嗯……"将军感到惊诧,他沉默了片刻,思索着什么。随后又转了话题。

"已经很晚了。"他说。

"晚只是对敌人而言,决不是对我们。"我大声叫嚷说,"明天属于我们!"

"说得好,很好!"将军表示同意,但开始有点儿恼火。"我是说时间已经很晚了。"

"战斗的时刻已经到来!让大炮轰鸣吧!让钟声敲响吧!"我怀着一名真正的鼓手的高昂激情,振臂高呼起来。

"不,不,不要敲钟!"将军急忙说,"钟,当然要敲,但只是在某些时候。"

"对,将军!"我紧接着他的话说,浑身激动得发热,"我们有了战鼓,干吗还要钟?当我的战鼓敲响时,让钟声统统停下吧!"为了证实这一点,我把鼓敲得像在发起冲锋一样。

"绝不是相反,是吗?"将军犹豫而又谨慎地问。同时,用手把自己的嘴遮了起来。

"绝不是相反!"我大声说,"我们的战鼓将不停地发出雷鸣般的响声,将军,您可以信赖您的鼓手!"我感到一股暖流流遍了我的全身。

"我们的军队可以因为您而感到骄傲。"将军有点儿酸溜溜地说。他的身子微微颤抖了一下,因为夜幕已经降临到宿营地上,在灰蒙蒙的雾气中,将军的那顶帐篷的尖顶孤独地耸立着。"是的,我们的军队会感到骄傲。我们不会停止不前,因为我们要进军,是的……夜以继日地进军。但我们每前进一步……是的,每一步……"

"我们每前进一步,都伴随着不停的胜利鼓声!"我脱口而出,一边击着鼓。

"喔,这,这,"将军嗫嚅地说,"是的,确实是这样。"说完,他朝自己的帐篷走去。我独自一人留了下来,但是,孤独更增强了我作为一名鼓手的自我牺牲精神和责任感。"将军,你走了。"我心想,"但是你知道,你忠诚的鼓手还在警戒着。你的额上已经出现了一道道犁沟似的皱纹,你还在全神贯注地考虑战略部署,用小旗在地图上标明我们共同的胜利之路。你和我,我们俩将一起迎接曙光,迎接光辉灿烂的明天。我将以你和我个人的名义,用鼓声宣告它的来临。"这种对将军的爱戴之情,这种为事业而献身的精神充满了我的心灵,我竭尽全力把鼓点敲得更急、更响。夜已深沉,我用青春的全部热情,怀着一个伟大的理想,献身于我的光荣劳动。只是在鼓槌击鼓间歇的时刻,我才听见从将军的防水布帐篷里传来的弹簧垫的吱扭声。有人仿佛在辗转反侧,不能成眠。后来,在将近午夜的时候,在帐篷前面,隐约出现一个白色身影。这是身穿睡衣的将军。他的声音有点嘶哑。

"所以,您是说,这个……您的鼓还要继续敲下去,是吗?"他说。在这夜深人静的时候,他还到我这儿来,真是使我感动。他真是战士的慈父啊!

"是的,将军!无论是寒冷还是睡意,都不能战胜我,只要我一息尚存,我就要敲鼓,我的天职和我们为之奋斗的事业要求我这样做,鼓手的守则和荣誉也要求我这样做!苍天在上,我保证战鼓长鸣!"

我讲这话的时候,丝毫没有想到要向将军献媚,也没有想到要博得他的欢心。这不是指望升官或者获得奖赏的夸夸其谈。我甚至根本没有想过去这样理解。我始终是一名诚实的、直心肠的、称职的鼓手。

将军咬了咬牙。我以为,这是因为他感到冷的缘故。后来他瓮声瓮气地说:"好,很好。"说完他就走了。

很快，我就被捕了。执行这项命令的巡逻队一声不吭地包围了我，从我的脖子上摘去了战鼓，从我筋疲力尽、冰冷的手中夺走了鼓槌。谷地里一片寂静。我不能向同志们解释清楚，他们用刺刀架着我，把我带到营地以外的一个地方。按照规定是不允许这样做的。只有他们中的一个让我明白，说逮捕我是将军的命令，罪名是暴露目标，暴露目标！

此刻，天色已开始发亮，天空升起了第一批玫瑰色的云彩。迎接黎明的是一阵阵响亮的鼾声，当我们走过将军的帐篷时，我清楚地听见了这鼾声。

"一人"合作社

主任拿起电话听筒。

"喂……是……胜利者大街?是的,可以。我马上派值班的去。"

他放下了听筒。

"您瞧,"他说,"我们不抱怨缺少客户。我得出去一下,找我的工作人员去。如果您愿意,可以陪我走一趟。"

"一人"合作社的办公室设在过去的一个私人住宅里,现在只是马马虎虎改成了办公室。主任的房间在正面,带有阳台。从主任的房间出来,就到了过道,再从那儿进入另一间屋子。这间屋子曾经是个盥洗室,不过非常宽敞,过去的设备只留下一个浴盆,煤气灶搬走了,墙上露出砖砌的深槽,那是拆掉管道留下的。顺着瓷砖墙壁,在黄色的电灯光下,有几个衣着肮脏、面色苍白的人坐着或躺在长椅上。大部分躺着睡觉,有几个在吃第二道早餐,酸渍小黄瓜和一盆红甜菜汤。

"下一个是谁?"主任站在门边说。

从长椅上爬起一个中年男人,头发稀落,眼皮耷拉,眼泡浮肿。

"什么地址,头儿?"他声音嘶哑地问。

"胜利者大街三号。"

"好的。"肿眼泡的男人嘟哝了一声,同时扣好了扣子。

我们回到办公的房间。墙上挂着密茨凯维奇周年的宣传画。

"组织原则很简单,"主任解释说,"我们的客户支付的底额酬金只够手续费、电话费、房租、领导、会计和清扫女工的固定工资等项开销。多余的收入我们捐献给建校基金委员会。"

"工作人员呢?"

"这要看情况。我们原则上是以业余工作人员为基础,就是在值班室里见到的那些人。他们组成应急队,一天二十四小时值班。他们是按实物报酬的原则工作,简而言之,只交一点中介手续费。此外,我们还掌握一批专门经过训练的工作人员。"

"这个合作社是怎么成立的呢?"

"噢,先生!在那种时刻有多少人需要有个人作伴呀!我们每个人几乎都有这种经验。有时很想喝上一杯,但是没有人作陪。比方说吧,您跟一个朋友经常共饮,后来那个朋友不得不离开您。您把他送到车站,从车站回来后,您感觉怎样?可怕的孤独。或者您有一天无所事事，上午就想喝一杯，熟人同事都在上班，酒馆还没有开门，等待您的是什么？孤独。或者在夜静更深的时候，您心里难受。别人都睡了，只有您辗转反侧，不能成眠。您若是去买半公升酒，您还是独自坐在一张空桌旁，孤零零的。我只是从各种情况中略举一例，说明孤独对于酒徒来说是如何难以忍受，它是在怎样折磨他。我们合作社的服务性质就是提供一种简单而有效的解决办法。再也不用担心被人抛弃，再也不用发疯似的艰难地到处去找熟人，那些熟人也不一定总是愿意和我们一起喝呀！最简单不过的是拨一个电话，说一个地址。我们应急队里立刻就会有个人出现在他面前。这个人做好了充分的精神准备，热忱、真挚、友好、充满了同情心，乐意跟他交谈一切，耐心听他发牢骚、抱怨，永远不会说个'不'字。应急队是从专门人士中招收队员的，那些人在当时也渴望能喝上一杯，但是没有钱买酒菜。我们只是提供一把相互认识的钥匙。由于我们的介绍，那些想喝、又有钱喝，和那些没有钱喝但又想喝的人就会走到一起去。倘若没有我们的帮助，前者和后者就会在街上擦肩而过，失之交臂；他们都在渴望和痛苦，却不能相识，不能相互了解，像遥远的银河系寒冷的星光。"

"这么说，是出于人道主义。"

"是的，但又不仅出于人道主义。我们也能起到一定的经济作用，促进酒类专卖，扩大贸易资金的周转。请您想一想外加的那些酒，要是没有我们，肯定是喝不掉的。大家都知道，有人作伴总要喝得愉快些，痛快些，更多些。"

这时大门口传来了咣咣的摔门声，一个喑哑的男声在过道里哼着："你不要，玛莉霞，到森林去……"

"请原谅。"主任说，"这是我们的一个值班员从活动地点回来了。我得听取他的汇报。"

"一人"合作社的一个工作人员被抬进了房间。主任动作熟练地把一桶水泼到了他身上。

"是英雄林荫道12号的，"来人报告说，"喝的是出口烧酒，妻子抛弃了他，童年非常苦，四十八岁时得过肺炎。阿嚏！他说，世界是美好的，就是人太坏。"

"您听见了吧，"主任说，疲惫的工作人员哼着《莱茵河蓝色之波》离开了我们，进入了值班人员的房间，主任又转身对我说，"又有一个人得到拯救，摆脱了孤独。"

"这是您提到过的专门经过训练的工作人员？"

"不错。有时碰上刁钻古怪的客户，不太容易伺候。有的人对一切的感受都带有抒情的性质，我们就给他派去酗酒的诗人。要是一位教授，一位文化人士给我们打电话，我们就不能随便给他派个什么人。还有人在喝酒的时候喜欢进行宗教讨论，我们应急队里就有一位退出教会的神甫，他在毕业前夕就离开了神学院。一句话，我们跟各路专家保持着联系,他们都愿意受托为我们工作。

办公桌上的电话响了。主任抓起听筒。

"喂,这里是'一人'合作社,也就是'一对一'。有什么事?"

随着听话时间的延长,他脸上的表情也越来越显忧郁。最后他用手捂住话筒,扭头低声对我说:

"圣徒广场的一个客户来电话,要求给派一个能跟他谈谈社会主义道德发展前景的人。我到哪儿去给他找这样一个人?"

"他准备喝什么?"我问。

"等一会儿,"主任对着话筒问,"您是否能告诉我,您手边有的是哪一种酒?"

"啊,梵尼兰蛋黄蜜酒和樱桃白兰地。"

"我去。"我提议说。

"好极了!"主任高兴地说,"正好有个空缺!"

他接着又冲话筒说:

"可以接受您的请求。"

培尔·金特

小溪畔有一座农舍，一棵小桦树长于其侧，一对相亲相爱的年轻夫妇生活在这里。妻子对丈夫说：

"需要修一下屋顶了，上面已经有窟窿，会漏雨的。"

"好，我会修的。"丈夫回答道，并充满爱意地望着妻子。

第二天，小镇上有隆重的庆典活动。溪畔的年轻村民碰巧也来到那座用吸墨纸做的假花装饰的庆典大厅里。在告别时，妻子泪流满面，她不愿让丈夫跑去县城接送人。但丈夫还是去接了学校的校长，当乐队在庆典开场时隆重演奏《我们建设新家园》的那一刻，他甚至忘记了分离的伤感。

"如果有什么不足之处，还请讲出来。"大会主席强调地说，"有谁想发言吗？"

这位年轻的农民坐在门旁，认真地听着，他对所有的呼吁抱着开放的态度，本性真诚，心地善良。

"我！"他喊道，"我想说！"

有人问了他的姓名和身份。

"农民。"他回答道。

大厅里顿时响起一阵称赞的嘀咕声。大家都伸长脖子,想看看他怎样走向讲台。从省城来的记者本已头枕着椅子的扶手睡着了,但此刻直觉地颤抖了一下,醒了过来。他的铅笔快速在纸上写下:"农民活动家走向讲台。"

"这是谁?"做报告的人探身问校长。

"马车夫。"校长回答道,"我不知道他要说什么。"

"好家伙!这可是真正的农民!"活动的领导向当地的主任表示庆祝。

发言的农民用手撑着讲台。一下子面对这么多在座的人讲话,对他来说需要极大的勇气。这并没有带给他任何愉悦。他丝毫没有想过,可能忽略主席的呼吁。他说道:

"我不了解这里那里的各种事情,但我想问一下,为什么我们村子没有钉子和瓦。我们知道,钉子和瓦在县里就有啊,而到我们这儿就好像太远了。然而我们这里的人们也需要钉子和瓦呀。这就是我想说的。"

他的发言一结束,全场响起了热烈的掌声。不管是领导还是做报告的都给予了他经久不息的掌声……领导兴奋得满脸通红,跑上讲台。

"同志们！"他喊道，"诚挚地感谢这位农民同志，用他自己简短的、朴实的发言加入我们的庆典活动中。"

"鼓掌！鼓掌！"与会的人打断了他的话。

全场感动不已。

"你们在这区域做了大量工作呀，同志。"领导拍了拍当地主任的肩膀说，"这里那里都能听到'国际歌'。"年轻的发言者回到自己原来在门旁的座位上。他不明白，掌声从何而来。他觉得钉子和瓦的事很重要，但直到庆典结束也没有任何人再提及此事。庆典最后的节目是身穿克拉科夫民族服装的小姑娘们的诗朗诵。与会者开始陆续离开大厅。此时有两位陌生人来到谦恭地站在角落里的年轻农民面前。

他们中比较胖的那个人说："请不要拒绝帮我们个忙，我们刚才听到了您的讲话。我们是来自……（这里他说了省城的名字）。明天我们组织召开区域消费者联合会成员的会议，如果您能在总结部分发个言就太好了。"

"这件事是有政治意义的，别忘了这一点，劳动农民阶级的参与。"第二个人严肃地插言道。

"这对您来说也没什么，小事一桩而已，但对我们来说马上就会得到另一种评价，报纸上会有另眼相看。"第一个人继续说道。

某个熟人把马车赶回了这位年轻农民的家，而他本人就在酒店过夜，消费者联合会的活动家为他付了房费。一早，他就跟这两位进了城。他想，在上个大会上最终没有一个人对钉子和瓦的事感兴趣，也许在消费者大会上能有点效果吧。

这个大会的流程与前一天的大会惊人地相似。在某个时刻，这两位监护人向他点头示意。他走向讲台，发言，热切地要求钉子和瓦能到达他的村子。他获得热烈掌声。但他并没有等来实质的回应。

大会结束后，跟他告别时两位监护人中的那个胖子对他说："如果我是您的话就不着急回家。在城里到处都张贴着美术家大会的海报。你应该去那里试试，那里的会议大厅更大，参会的人更有智慧。"

农民想回家，但是火车要到晚上才开。省城熙攘的街道让他晕头转向，觉得美术家大会或许是更安全的避难所。在经历了两次大会的洗礼之后，他已经对这些有点习惯了。而且，他对站在公众面前发言已经不感到害怕，甚至在可以预期的掌声中找到某种愉快。在美术家大会上，女人们穿着裤子，男人们穿着红色或绿色的衬衫。因而他也抱着尽大努力的意愿请求发言。

"农民！"当他说到出身时，他发出了一声吼叫。他没有失望。在狂热的浪潮中他再次重复了关于钉子和瓦的事。他已经不后悔听了消费者联合会活动家的建议。与会者在散会后甚至还在关注他，已经有人准备开始为他做雕像。然而一位形象高大的男人先于所有人带农民去了饭馆。

这位艺术家没有上过大学，但月收入能有几万兹罗提①，他利用一群穷学生为他工作，他收取100%的装饰性肖像画订单的酬金，再按照70%的价格转包给学生们去制作。他立刻建议年轻的农民去参加密茨凯维奇纪念大会。

"可我妻子还在家，房顶漏雨……"年轻农民坚持道。

"今天不会下雨的，一定是好天气，为我就答应了吧，小宝贝。"艺术家劝说道。

火车的汽笛声划过城市。

密茨凯维奇纪念大会在剧院大厅举行。后台，在鲁杰罗·莱翁卡瓦洛的戏剧《丑角》布景之间，画家给出最后的指示：

"你上场还是不错的，只是踏步必须更重一些。还要高呼'农民'，而且要愉快、要热切。只是内容需要有意识形态上的推进。你这样开场：'我们，这些小农们……'然后你再开始直说关于瓦的事。最后再喊一句：'中国万岁！'"

当大会结束，他们从剧院出来时，天空中乌云密布，下起了暴雨。艺术家和化妆品厂的代表已在门厅等他。第二天化妆品行业要

---

① 波兰货币。

举行大会。

第六天,他上了火车,坐在三等车厢,这是他成功出席了钻探企业大会之后。他觉得火车车轮有韵律的颤动就是那雷鸣般的掌声。他无意识地从窗玻璃上打量着自己的影子。火车把他拉得越来越远,越来越远。

他检查了公文包。这些天他没有碰到住宿方面的问题,作为各种大会的参加者,他的食宿是有人解决的。他懂得节省。他兴奋地等待着上场发言。讲话稿他已宣讲自如。他甚至敢在画家修改过的稿子基础上增加了自己的话。比如在"远"这个词之后,他已习惯性地喊出口号:"所有人为我们共同的收成而斗争吧!"最后以"中国万岁!"或者直接是"中国!中国!"来结束发言。

他对于各种成功评价变得敏感。人们愿意请他,因为将他写入每个会议或代表大会备忘录不会犯错,他不会出现什么意外状况,不会急躁,富有本阶级的健康气息,他获得了组织者高度评价。他的讲话内容也能够满足领导在批评方面的要求。因此毫不奇怪,在各种报告和登记在册的记录中能看到异常多样和丰富的相关文学作品。时间就这样流逝着。

他开始梳起了分头。新生活模糊了他对过去的记忆。无尽的旅途、火车站、各种大会、会议厅、露天演讲……充斥着他的日常生活。他成为十几个委员会的成员,甚至已经加入主席团,还当上了某所幼儿园的社会庇护人。记者和豪华公务车司机们都认识他。同时他的习惯也发生了变化,学会了运用时刻表,时不时会买古龙香水。只是有时深夜在酒店,他在对最近一场盛典、对自己流利而又抑扬顿挫的演讲的回味中沉静入睡后,会被雨点敲击窗玻璃的声音惊醒。

他已经能够极其完美、精准、充满激情地完成他的演讲。他充满了自信,甚至在中央级别的会议上都不再感到害怕。各种会议、联欢节、主席团充斥着他的头脑,他甚至已经不记得自己是如何坐在那些豪华车里,处于那些身穿黑色衣服、留着小胡子的比他年长些的同志中间的。汽车安静地疾驰着,在相似的车流中驶过城市,驶向他的郊区。天暗下来了,一路田地绵延。经过长时间的行驶后他们站到了大门前,门静静地敞开,他们进门沿路走到院子里——几乎是个公园,树木繁盛,探照灯映照着翠绿的草坪。好一个静谧舒适的夜晚。他们登上台阶,穿过走廊,来到一个四壁都消隐在黑暗中的巨型大厅。大厅里只有一盏小灯在主席台上亮着,被金属灯罩遮挡着光晕,没有天花板。星星在黑暗的天空中闪烁,如化石般的陨落。留小胡子的同志们在沙发上坐下来。

其中一人对与会者表示欢迎并问道,谁想发言。

"我。"他说,"我想说。"

然而谁也没有问他的职业。

"我们,这些小农……"他开始发言,吸了一口气,期待着掌声。但是台下没有反应。"我们,这些小农们……!!"他更大声喊着,"我不了解这里那里的各种事情,但是县城里就有钉子和瓦,而我们村里就没有,人们……"

可是他的话依旧沉落于寂静。过了一会儿,大会主席发言:

"我们这儿是天文学家大会。我觉得您不是天文学家吧,您是谁?"

"我是农民!"他说道。

"农民?请把手伸出来!"

他把手放到灯下,以便让人看清他的手掌。现在能看到这是一双柔软、白皙的手,从中已经看不到任何沉重体力劳动所留下的痕迹。

看门人把他从那群沉默的、躯体被冷光映照成蓝色的人们中带了出去。

小溪旁生长着桦树,紧邻着的是一座农舍。狂风与骤雨已将屋顶蹂躏得千疮百孔。女主人由于思念苍老了许多,她坐在门槛上,眺望着大路,期待着丈夫的归来。最终他出现了,但已经不是从前那个人——梳着分头、手拿公文包。当她跑向他,他并没有对她回以拥抱,而是自负地说着:

"我们,这些小农……"

养老院的来信

今天在我们养老院，先生，闹哄哄的像在蜂房一样。他们把我抬下楼，吃早饭，像一向所做的那样，就是这里，在我们的文娱室的墙上挂出新的《闪电报》。矛头指向谁？指向我们的书记，指向伙伴格鲁希。真是前所未有的出人意料之外的消息，先生，因为我们的伙伴格鲁希，虽说是个没出息的饭桶——刚过七十岁，五年来他一直掌控着我们，随心所欲地发号施令。就是他，在革命周年的时候抛出一个口号，要我们每个人都做出保证，在大限到来之前提早死去。与此同时他暗中并不拒绝有人私下里出钱请他吃盆美味粥。人们说他为了一盆粥什么都会干。当伙伴佩杰维奇，一个彻底的聋子，一九五二年在一次隆重的庆祝会上并无恶意地喊出了"沙皇尼古拉万岁！"也就是他，格鲁希，非要追究责任不可。人所共知的只有，后来似乎来了两个什么人，把格鲁希留在床头柜上的一副假牙查封了。伙伴佩杰维奇究竟发生了什么事，时至今日无人得知。那副假牙仍处在铅封的状态。

每一个曾经有过某种过去的人,都像怕火一样害怕格鲁希伙伴。高龄的帕茨-帕岑斯基,在年轻时代受过舍拉叛乱分子的锯刑,受其胁迫在调查表上填写伪证,说是贝茨克上校为他的反犹太主义立场对他施了锯刑。伙伴卡奇卡,在会议上受到格鲁希的谴责,说他练习瑞典体操,说他精神沮丧,把自己的胡须染成了红色。再说女伙伴罗佳很久以前就梳了一条长辫子。于是格鲁希伙伴揭发,说她这是讽刺中国人,先生,讽刺我们的中国。女伙伴罗佳保证用织毛衣的办法织一条庆祝五一节的标语,这才得以自救。

至于我自己的遭遇,先生,却是多种多样的。因为我善于编造神话,于是格鲁希伙伴就安排我当上米丘林小组的主席。这甚至不坏,把我从障碍地带解放了出来,但是有一次来了检查团,我自己不得不吃下一公斤碎屑。为的是说明似乎我们试验成功,培养出了特殊的牛肝菌,无需利用森林。

我们大家都记得女伙伴埃图阿尔掉出扑粉匣的那一天。埃图阿尔的年龄跟格鲁希差不多,由于这个缘故理应宽容她。但是伙伴格鲁希却举办了一个示范性的展览,其结果就是我们整个养老院受到哥穆尔卡主义的指责,而女伙伴埃图阿尔经历了,先生,精神上的转折之后,开始写些赞扬贫农的诗歌。就这个题目写的一首小诗我应该带在身边,只因格鲁希伙伴命令所有人学会背诵它。我把它放在了哪里?等等,马上——啊哈!

啊你！贫农！

简单的人立身下层中！

你不耕田，不播种，

粮食却要你提供。

漂亮，不是吗？先生，一首小诗。

格鲁希伙伴这样的举措还可以回想起许多。有一次，出现了可怕的暴风雨，而伙伴特朗在提到它时表示了轻蔑，说是一八八〇年的那场暴风雨比它大得多，格鲁希伙伴指控他有不满情绪，说他恋旧。伙伴格鲁希有肝病，提起这件事时除了"万恶的资本主义遗产"之外从来没有别的说法。另有一次，他强迫我们大家一起上书政府，请求把我们养老院的名字由"老人之家"改成"顿河老人之家"。就是这样一个大家都害怕的人，今天遇到了批评。我们终于等到了，他的管理方法遭到了抨击。所有人都往《闪电报》前面挤，为的是亲眼看到报上的内容。在下方，在一个角落里，有几个字提到他，说是伙伴格鲁希睡觉时做梦，大声打呼噜。等等，等等……新时代来到了。

最后的骠骑兵

卢卒希被裹上了一层神秘而浓重的雾。各种人,有过一面之缘者,关于这件事或多或少知道一点,只有某些人知道所有的事。知道一切的只有卢卒希的妻子、卢卒希的妈妈、卢卒希的外婆。其余的人——卢卒希的亲戚们,噢,甚至他的孩子们——注定只能猜想。

卢卒希的妻子,天天,每当孩子们已经去睡觉了,而卢卒希坐在灯旁,脚穿便鞋,手里拿着一张报纸,这时她便走到他跟前,把头靠在他的膝盖上,久久地,久久地望着他的眼睛,悄声说:

"但凭上帝的爱,卢卒希,你要珍惜自己……"

卢卒希不喜欢小牛骨头汤和制度。

卢卒希是个英雄。

有时,他回到家来容光焕发,默默无言,但是一家人都知道,假如他想说又能说,他定有许多话可说。晚上妻子胆怯地,带着毫不隐瞒的赞叹问他:

"又?……"

卢卒希点了点头又做了个舒臂阔胸的动作。他的整个形象表现出阳刚之气和力量。

"在哪里?……"妻子接着问,为丈夫的英勇气概而兴奋。

他站起身来,走到门前,用一个突然的动作打开了门,检查,是不是没有任何人偷听。还检查了窗户上的百叶窗。用压低了的声音回答说:

"在那里,平常去的地方……"

"你……"妻子说。

这一个字包含了一切。

卢卒希熟识的人中,正如我们已经提到的那样,流传着含混不清、令人不安的议论:卢卒希必须注意啦,是否有什么威胁着卢卒希?"……唉呀,这个卢卒希……卢卒希会给让他们瞧瞧,嘀嘀……"

卢卒希的妈妈为他惴惴不安,但也为他感到骄傲。说到他时总是称"我的儿子"。可是卢卒希的外婆,这位不屈不挠的老太太,自己一个人单过,她只有骄傲。外表上看不出任何担忧。她对自己的女儿,卢卒希的母亲说:

"生活在我们时代得冒点风险。事业需要无所畏惧的人。假如欧斯塔赫活着,他会像卢卒希一样干。"

在跟曾孙们谈话时她也使用暗示：

"你们有这样的父亲，应该高兴。"她拿出一些展示在平原上驰骋的带翼骑士的画片给他们看。"你们的父亲也能这样驰骋。他没有沮丧。"

就在那时卢卒希走进了一个公共厕所。他小心翼翼地把自己关在一个隔间里。过了片刻他又一次眼含虎光环视四周——看是否独自一人？然后他便闪电般地从衣服口袋里掏出铅笔，在墙上写着："打倒布尔什维克！"

他奔出厕所，跳上随便一辆出租马车或出租汽车，在街上绕来绕去绕远回家。晚上妻子胆怯地问他：

"又？……"

卢卒希早就在从事这种活动，尽管生活如此强烈地刺激神经并引起失眠，但他没有放弃。

卢卒希是谨慎的，他不断改变字体。时不时他还在办公室向自己的上司借用自来水笔。"如果他们证实了是谁的钢笔被我用来写……哈哈……"当他想到自己的顶头上司将会陷入何等尴尬的境地，他卢卒希的迫害者，那些刽子手将会误入怎样的迷途，他不禁严酷地笑了。

有时局面能使卢卒希血管里的血液凝固，似乎是没有出路了。例如有一次，他刚在墙上写出"天主教徒不会投降"，就有人拼命擂门。卢卒希的心脏停止了跳动。他几乎肯定，是他们发现了。他心急火燎地擦掉了新写的字。擂门声没有停止，卢卒希又吞下了铅笔，这时才把门打开。冲进来的是一个手拎公文包的肥胖男人（"莫不是检察长"，卢卒希脑子里闪过这念头），满脸通红，一声不吭地推开卢卒希，把自己锁了进去。卢卒希久久地记住了这个瞬间。

打扫厕所的老妇面部表情同样使他不安。这不会仅仅是化妆吧？

直到某个冬日，他打算再次进入平常的战场，可他立在门口，僵住了。公共厕所大门紧闭，门上横向显出一行用粉笔写的肮脏的字母，无疑是刽子手的手笔：维修。

卢卒希的自我感觉就像是名骠骑兵，在交战的旋涡中突然被人打掉了重剑——他环顾四周找不到自己的兵器。

卢卒希决定去一次火车站。但恰好这时从站台走出一连士兵，他们中许多人走向了卢卒希所在的那个地方。卢卒希心中产生了疑虑。就是说他们不仅采取了"维修"这种居心险恶的手段，而且还实行军管。卢卒希脑海里出现的景象是：所有的站台，所有的公共厕所都布满了军队。不，卢卒希是精明的，卢卒希弄清楚了这件事。这样他们就抓不到卢卒希。

他不怀疑，刽子手已经布满了小城所有剩余公共设施，因此他们已经到了"波侨"旅馆和集体供应点"美食家一号"。但是他认定最后的话语将属于他。他坐上了火车,虽说在那里也很谨慎小心。他在下一站下了车。离车站不远有一个不大的贫穷村庄。他艰难地走到第一栋房子前边,打听厕所在哪里。

"什么?"人们惊诧地问,"我们,先生,我们是到树林去……"

小树林里已是一片昏暗。"这样更好,"卢卒希心想。他进入灌木丛的正中心,用木棍儿在雪地上写道:"弗朗哥将军会让你们有好的瞧!"

他回到家中。这天傍晚他久久站在镜子前面,检查,他的肩头是否适合装上雄鹰的翅膀。

矮种马

　　为了家族事务，我不得不去一次N市。我收到从那里寄来的一封文字错误百出的信，显然是由一只不习惯于握笔的手匆匆写就：不相识的好心人偷偷告诉我，说我的祖父，一八六三年起义者的骸骨，被国营育马场的场长移出了具有代表性的陵墓，这个场长他将腾空的地方埋葬自己的女秘书，关于这个女人，大家都知道那是他的情妇。写信的人没有署名，同时暗示，他把这个事实通知我是冒了风险的。我请了两天假，去了N市。这是座小城镇，在此之前我从未去过那儿。从车站出来我立刻就找到了当地掘墓人的家。可是我没有遇到他，正如他妻子所说的那样，他恰好到铁匠房钉马掌去了。我决定等他，就在坟场墙边的长凳上坐下了。掘墓人终于出现在小道上。这是个身材高大、脸色阴郁的汉子，他牵着马的笼头，说实在的那是一匹小小的漂亮的矮种马，毛色锃亮，新钉的马蹄铁踩上石头铿锵作响。掘墓人得知我的来意后，变得更加阴郁了，他向我投来凶狠的一瞥，并且宣称有关此事他一无所知，然后就转身背对着我，消失在坟场的大门后面。

由于这个缘故我只好去了市人民委员会，在办公楼前面，站着一匹系在木桩上的小小的矮种马。市人民委员会主席接见了我。我说明了来访的意图。他回答时开始拐弯抹角地解释，用别的事务繁忙来搪塞，而当我不肯让步时，他又变换了话题：

"我不知道，您是否清楚，根据市人民委员会的决议，在存放您祖父骸骨的地方我们要存放专门运来的朝鲜游击战士的遗骸。我认为，您大概不会怀疑这个措施政治上的正确性？"

他探究地望着我的眼睛。怒火中烧的我离开了市人民委员会，直接去了县人民委员会。主席是个精力沛的年轻人，目光泰然自若。当我向他讲述前一次拜访的过程，他愤怒了：

"是的，在那些下级机关还有许多不足之处。是的，您的祖父？是的，关于这件事我们多少有所耳闻。是的，我们将设法把它搞清楚。不过……"

"……不过？"

"不过，这得花点时间，是的，得花点时间……"

就在这一瞬间，从办公室通向下一个建筑物的门外，传来了响亮、剽悍的嘶鸣，只有通常称之为矮种马的那种小马才能发出如此嘹亮的嘶鸣。主席的眼睛不安地跳动。不祥的预感像冰凉的石头在挤压我的心。我转身跑掉了。

掘墓人牵着矮种马，矮种马站立在市人民委员会前面。这次在县人民委员会听到的马的嘶鸣，这些矮种马开始使我联想到我为解决我祖父、骑兵连队长的遗骸问题遇到的阻力。在破坏法制和这些小马的品种之间必定存在某种关系。但是我走到一个地方之后，就像钉在了地上一样动不了。大门前停着一辆轻便马车套上了两匹漂亮的纯矮种马。我转过身，慢慢往回走。

我确认，当地检察长的孩子们上学乘的是矮种马拉的车，跳过围墙，我在农民互助会主席的菜畦里找到了小马蹄清晰的蹄印。老战士同盟主席，"美食店"协会主席，自某个时间以来也都有了矮种马。那又怎样？失败的我只好离开N市，在车站前面一个民警让我出示证件。民警骑着一匹矮种马。

直到过了一段时间之后，一份报纸落入我的手中，报上刊载了如下的简讯："N市国营育马场的场长因浪费国家财产受到处罚调往D市另有任用。他竭力收买派往当地的公共检查人员，每人奉送一匹矮种马。"

后来我得到消息，说是住在D市养老院的我的祖母，妇女解放运动老战士，被育马场的场长粗暴地赶了出去，将她空出的位置安排他自己的奶奶，此人曾是克农迪克的一个的窑姐儿。我去了D市。管理员给我打开了养老院的大门，这个小矮人牵着一匹巨大的矮种马的笼头。

我一声不吭掉头就走。

诗　歌

　　女老师叫大家拿出笔记本。一个坐在第一排的女学生,在各个方面都堪称模范,立即听从了吩咐。她从书包里掏出崭新的砖色笔记本,放到了自己面前。这是个既不太胖又不太瘦的孩子,模样儿就像个听话的乖乖女,每天吃有营养的午餐,而且不任性挑剔。两条小辫子编得很顺溜,没有一缕头发散落出来。长筒袜绷得很紧,没有难看的面包圈样的皱折；小皮鞋也是那么干净,以致每个人一看便知：啊,这小姑娘放学回家的时候定是有意不走泥泞地,肯定不!

　　女老师在黑板上写完最后一个字,打上了句号,回头向孩子们解释,什么是诗歌。确切说——如果几个词的结尾一样,这就意味着,读出这些词的孩子们就是在跟诗歌打交道。作为范例,女老师给出了：szkoła—woła（学校—喊叫）,dzwonek—ogonek（小闹钟—尾后空）,domek—Tomek（小房屋—小托姆）。接下来的几分钟孩子们猜测,女老师给出的各种字如何搭配才能押韵成诗。我们的模范生表现得最为突出,女老师刚喊出例子："Kuleczka（子弹头）！"

这小精灵立刻回答："Bułeczka（小馒头）!"而她那双矢车菊般的蓝眼睛闪耀着欢乐的光芒，上课时间不到一半，她已经学会了某种新东西。

只是坐在最后一排的尤泽费克出了一些状况。他被问到"kijaszek（小棍子）"的时候他不是根据艺术规则回答"wujaszek（小叔叔）"，而是回答"trabka（小号）"。所有人都感到惊诧，女老师也为此责骂了他，但他却阴郁地坚持"trabka"。此外他的模样看起来也很可笑，因为他的头发是往前长的。

后来女老师说道：

"我的孩子们，你们已经知道什么是诗啦。啊哈，最伟大的诗人是亚当·密茨凯维奇。你们看到黑板上的诗就是亚当·密茨凯维奇写的。请你们将它抄写在你们的笔记本上，要写得整洁，回家后要学会背诵下来。"

女模范生立刻执行任务。把黑板上的诗抄写在笔记本上，崭新的钢笔尖在纸上擦得沙沙响，字迹端正清晰，不带任何"驴耳朵"：

　　立陶宛！我的祖国！你像健康一样；
　　只有失去你的人才珍视你，把你向往。

下课了，孩子们各自回家，我们的小精灵同样小心翼翼地避开

119

泥泞向家里走去。回到家中她亲吻了妈妈和爸爸,喝了鸡汤又吃了炖肉,午休一个钟头之后便坐下来做功课。她打开笔记本,若有所思。现在她才注意到,笔记本上有两首诗。一首是从黑板上抄下来的:"立陶宛!我的祖国!你像健康一样;只有失去了你的人才珍视你,把你向往。"还有第二首,是厂家用大字母印在笔记本的封面上的:

你是否知道,

跳蚤卵孵出的过去、现在和将来

都是跳蚤?

它们中哪一首是老师指定要背的呢?可怜的孩子无论如何也无法回想起来。两首都不错。一首是"健康——向往",而第二首是"知道——跳蚤"。

最后,因为她一贯习惯了守秩序,于是她按照顺序学习从左至右,学会了这个"知道——跳蚤",然后就跟妈妈出去散步了。

翌日在课堂上女老师点名叫她背书,她背诵了自己学会的东西,令她震惊和绝望的是,生平第一次成绩册上得了不及格。一堂课的剩余部分平稳度过,只有尤泽费克产生了一定程度的慌乱,因为他什么也没学会。

谁也不知道，这小精灵性情的变化就发生在这一天。回家的路上她注意到商店橱窗里的广告词："体恤妻子的辛劳——请吃现成的面条！"她心里一再重复着"辛劳——面条"，满意地踏着泥淖走过去了。回到家后她仔细查看了所有笔记本的封面：每个封面上都印有点儿什么，虽说并非总是诗。例如在一个封面上仅仅印有：保持清洁！孩子记住了女老师的训令，用自己不熟练的字体补写上"罚金一百以示惩戒"，晚上她就发烧了。

我的上帝，这孩子发生了怎样的变化！吃饭不挑三拣四耍小孩脾气的时代已经结束了。现在是根据自己想入非非定菜肴，一会儿要辣椒焖小牛肉，一会儿要日本青鱼，一会儿要鞑靼浇汁，对家里的午餐从来没有满意过。天天都是老一套——砰的一声摔门而出，上饭馆去了。她已不再早早睡觉，而是到午夜一点还在读《安徒生童话》或者读哲希叔叔讲的波兰童话。有时家里来了客人，她不是说"您好"，而是用一首诗欢迎他们：

贷款死了，杀它的是负债人，
告知此事的是忧伤的送葬人。

她决心当个女诗人。常在一个专门的本子上写诗：

健康而且实惠,

波兰摩托协会,

你想成为健壮的好汉——

从不退后,永远向前!

假如你不是懒虫——快去收集废金属,

否则就是您的耻辱!

还有许多其他的诗。

在学校里人们对她已经习以为常。只是尤泽费克总是乱成一团,他总是什么也不会。

一个公民的道路

在我国的一个角落,虽说是个偏僻遥远的地区,但具有不凡的意义,那里的天气与大城市没什么不同。那里同样有一年四季,寒来暑往,天气变化刮风下雨,阳光普照,从气候上来看,你难以将这一小片土地与首都区别开来。然而,令人吃惊,甚至可怕的是,不知谁出的主意,为了充分了解当地的气候状况,竟要在这偏远的地方建造一所货真价实的气象台。这不是什么了不起的举措,不过是划出一小块长方形地盘,用白色栅栏围出一个不大的园子,园子中央有一个仪器箱,架在细长的支架上。气象台的台长就住在小园子隔壁。他的工作除了关注流量过程曲线图和液体比重计之外,还要给气象台上级当局邮寄有关天气状况的准确报告,这样,假如有人询问天气,上司也不至于茫然不知所措,而只需往办公桌瞥上一眼,立刻就知道说些什么。

气象台台长是个认真负责、一丝不苟的人,他写的报告清楚简洁,用大字体,美观工整,并且实事求是,准确可信。如果下雨,他会无休无止地从每一个角度记述雨情：雨量多少，何时开始，时间多长，否则他不会上床睡觉。如果出太阳，他也会不遗余力、准确无误地给予记述，同样实事求是，从不弄虚作假。他知道，举国上下都在艰苦工作，为的是弄点钱给他发放工资，所以他也必须竭尽所能，事事做到尽善尽美。他的工作总是很多，因为他所在的地区气候很特殊，风雨阴晴变幻无常。到了夏末时节，暴风雨开始频繁光顾那个地区，风夹着雨，雨裹着风。他如实地进行了详尽描述，把有关这一切的报告寄到了中央。暴风雨还是接踵而来。

某一天，有位年老的气象学家到他那里做客。这位同行目睹了台长的工作情况，临走时随口说道：

"您知道，朋友，您的这些报告调子是否有点低沉？"

"此话怎讲？"台长惊诧地问了一句，"须知同行先生自己也看到，此刻正是大雨如注。"

"喏，不错，这会儿是在下雨。但是这雨所有人都能看到。不过您该明白，我们理应有意识地处理一切问题，不是吗？要采取科学态度。啊，不，这不关我的事，我只是好意提醒，出于同行之情。"

这位老气象学家穿上胶鞋走了，一边走，一边直摇头，年轻的台长独自留了下来，继续写他的报告。他有些忧虑地望了望天空，但仍在接着写报告。

大约就在这个时候他出乎意料地突然收到当局的传唤令。诚然不是最高当局，但总算是一级政权。于是他拿把雨伞出门去了。上司在一幢漂亮的房子里接待了他，雨点打在屋顶上噼啪作响。

"我们之所以召您前来，"上司对他说，"是因为我们对您所写报告的片面性感到惊奇，自打一段时间以来，在那些报告里充斥着悲观的调子。收割期到了，而您却总是在没完没了地说下雨。您明白自己工作的责任吗？"

"可是雨一直在下……"被传唤者解释道。

"您可别想支吾搪塞。"上司皱眉蹙额，巴掌砰的一声拍在桌子上，桌上躺着一叠纸。"我们这里有您最近送来的所有报告，这些都是实实在在的事实！您是个不错的工作人员，但您缺乏硬脊梁，我们不会容忍失败主义。"

气象台台长从上司的办公室走出来后，合起了雨伞夹在腋下，回到了家里，仿佛什么事也没有发生。这一举动意愿虽好，但终因遍身被雨淋透，得了感冒，不得不卧床休息。不过，他无论如何也不肯承认这是因雨所致。翌日，天气稍许放晴，他不禁大喜过望，立刻写起了报告：

"雨完全停了，虽说实际上从来没有下过什么大雨。只是有时这里那里断断续续下了几点……看现在阳光多么灿烂！"

确实，太阳出来了，天气燥热，大地开始冒着蒸气。气象台台长一边欢快地低声哼着曲子,一边围绕自己的任务忙碌。下午,乌云又渐渐聚集,于是他躲在了屋顶下。他甚至理应留在露天环境里工作,但他害怕患上流感。又到了写报告的时间,他坐在椅子上扭动着身子写道:

"太阳运行如故,哥白尼早已证明,日落只是表面现象,因为实际上它总是光芒四射,而只是……"

写到这里,他突然停笔,感到心情沉重。当第一声炸雷响起,他从机会主义中惊醒了过来直接写下:

"十七点,雷雨。"

第二天,又是打雷下雨。他写了报告。第三天——没有打雷,但下了场冰雹,他也写了报告。他感到出奇的平静,甚至心满意足。这种感觉一直持续到邮递员又给他送来传唤令时为止。这次传唤令是从中央气象局发出的。

他从首都返回自己的气象站后,心中再也没有什么疑虑了。在接下来十几天的报告中说的是,他所在的地区连续都是天气晴朗,阳光明媚。时不时他还写过充满辩证精神的报告,例如:

"虽说偶尔出现短暂的毛毛雨,小雨往往导致大雨倾盆。尽管如此,什么也摧不垮我们的工程兵和救援部队的战斗精神。"

随后又是流水般地涌现出描述风和日丽的天气报告。有些甚至是用韵文写的。直到两个月后他写了一份报告,这份报告必定会让上级机构百思不得其解。报告说：

"该死的暴雨。"

下面已是用铅笔显然是匆匆写出的一行字，笔迹潦草：

"可是村子里寡妇生下的男孩发育良好，尽管所有人都认为他随时都会咽气。"

正如调研报告指出，他那份报告是在喝得醉醺醺的情况下写的，买酒的钱是他在黑市非法出售流量过程曲线图和液体比重计换来的。报告的第二部分是他在最后时刻补写的，那时他已身在邮局。

自打那天以后，什么也扰乱不了该地区阳光明媚的天气。他死于雷霆，在暴风雨肆虐的时候他手里拿着一只卢尔德神铃[①]绕着田野行走，企图用铜铃驱散乌云。因为他基本上还是个诚实的人。

---

① 卢尔德是一个位于法国比利牛斯的小镇，那里的圣玛利亚教堂是天主教教徒朝圣的地方，铜铃是天主教神甫做弥撒时的用具。

叔叔讲的故事

嘿嘿。有一次我跟内兄一块儿打牌，他的牌不好。所有的筹码都在我这边，他气得发了疯，愤愤地说道："给狗缠上了！"砰的一声，我们回头一望，门打开了，走进一只从圣贝纳尔德山来的狗，它用男中音问道："怎么回事？"

*

哎哎。你们都不记得像我记得的那种复活节晨祷。那是个怎样的节日！主教要带着几位高级僧侣前来主持仪式，人们聚集到了一起……但是到了敲钟的时候，甚至就连一口钟都没响。我敢向你们起誓确实如此。城里有几个无神论者，是他们偷偷把钟都摘了下来，换上了几顶细毡礼帽。这种恶作剧我可想不出来。

*

基本如此，因此你们说，他会模仿布谷鸟叫？那又怎样？有人善于模仿，有人不善于。他就善于模仿。喏。

记得，我有个中学时代的朋友，名叫齐格蒙特。他是个快活的男孩，很聪明，很有才干，数学出类拔萃。他还能惟妙惟肖地模仿水，动耳朵技压全班。他坐在头排，可是后来不得不给他挪位子，因为所有的老师都得了风湿病。而在物理实验课上老谢奇科说："你，齐格蒙特，你别坐在气压计旁边，因为它会下降。"

但这还算不得什么。有时，我们请他露一手，齐格蒙特便登上屋顶又顺着落水管流下来，同时发出淙淙的流水声。他就是这么个人啰。

*

嗨，普瓦斯基曾是个头领。至于说到友谊，无论如何，今天并不是件难事。有一次我在大街上行走，寒气逼人，只因是冬天。我发现两个年轻人，并排在街上走，一个并没有转身，也没有打第二个……就这么走着，突然，这第一个一次又一次地猛揍第二个。牙齿咬得嘎吱响，而这第二个毫无反应。终于他揉了揉那只肿了的眼睛，问道："喏，怎么样？你暖和点儿了吗？"

*

赞美上帝。结婚仪式和婚礼都漂漂亮亮。新娘收到许多结婚礼物，其中还有一台六灯收音机。送礼的人是新娘的朋友，童年时的玩伴，佛兰尼奥。所有人都对那礼品表示赞叹，而且立即将它接上了电，抓到的第一支曲子就是华尔兹舞曲《在美丽的蓝色多瑙河上》。

一对新人、双亲、女傧相和男傧相，还有邀请的客人精神饱满地围着一张长桌就座。新郎坐在自己年轻妻子的右边，而那位赠送收音机的年轻人坐在——左边。在上法式冷盘的时候，新娘的双亲动情地回忆起了新娘的童年和少女时代。

"她一直是个可爱的孩子，不是吗，佛兰尼奥先生？"

年轻人随声附和。两位老人因举行婚礼而感到由衷幸福，除此之外，佛兰尼奥的慷慨赠予使他们感到有需要对他表示特殊的敬重，所以经常把话头引向他。

"我的上帝！"妈妈淌着动情的眼泪说，"她总是围着你团团转，像粘在了你身上似的，她又是多么聪敏能干，不是吗，佛兰尼奥先生？"

佛兰尼奥先生点头附和。

"她学习，首屈一指，参加健康的娱乐，也总是一马当先。"妈妈接着说，"我记得，她中学毕业时我们给她买了一辆自行车，当时给她带来了许多欢乐。而先前她已学会骑车。是佛兰尼奥先生在院子里教她骑车的。她一学就学会了。是吧，佛兰尼奥先生？"

佛兰尼奥先生点头附和。

"这自行车是个好东西。"父亲活跃了起来,"我记得……"

但是沉溺于梦想的妈妈,继续说道:

"青春、愉快、歌唱、生活、欢乐。虽说在我们那个时代,年轻人没有今天你们拥有的东西。体育、远足,嚄,你们一跳上车座就——进入森林!待上整整一个星期天!"

"那是在复活节后的第七个星期天圣灵降临节。"佛兰尼奥先生说,同时自己夹了一份生菜。

"圣灵降临节那天总是下雨。"新郎官开口说道。

"啊,正好相反!"妈妈叫喊说,"多半是阳光明媚。对吧,佛兰尼奥先生?"

佛兰尼奥先生点头附和。

舞曲《在美丽的蓝色多瑙河上》已经结束了。下一支圆舞曲叫做《艺术家的生活》,新郎心满意足地思忖道:只等曲终人散,我和妻子两人在房中听收音机该是多么惬意的事。

甚至由此产生了一个谚语:"高兴得就像新郎官听收音机。"

*

瞧,是这么回事。曾经到我这儿来过的一位远房表兄,传教士,穿着教士长袍。我们彼此把对方的面颊亲得像放枪一样噼啪响。他要在我家住上几天,为的是呼吸新鲜空气。我曾向他打听在那些非洲国家发生的这样那样的事,但他也是刚到过那里,能对我讲的事并不多。无限的好奇使我寝食难安。我向一个承包商买了一本名为《传道指南》的书,书里描写了各种传道方法。我和表兄常常坐在凉台上一起读这本书,有时一直读到天黑。最有趣的是书中描写黑人如何喜欢上传教士。众所周知,人是形形色色的。一些人喜欢吃炸牛排,并且感到心满意足,而对于另一些人来说没有神甫就吃不下饭。

我们常常一直读到天黑,虽有蚊虫叮咬。有时一到傍晚便已是寒气袭人,有时我们两个都热情高涨,以致停止了阅读,我朝表兄叫喊道:

"听我说,瓦策克,你能让他们改信基督教吗?"

对此他回答说:

"我能让他们改信!"

当时我拥抱了他,我们两个都激动不已。

有关非洲的一切我就这么一点一点地了解了。关于狮子,比方说哪怕是半夜唤醒我都能一口气朗诵似的说出许多来。至于那些藤本植物对我而言,就像是亲兄弟,我对它们的了解是那么透彻。

我们还经常在一起思考,如何接近这样一个黑人,以便顺利地让他改信基督教。有时我们情绪激昂,甚至做起了实验。我站在凉台中央，扮黑人，而瓦策克让我改变信仰。应该承认，他有做这件事的天赋，有时尽管我拐弯抹角，支支吾吾，闪烁其词，最终他还是让我改变了信仰。我也不那么容易被他说服，不止一次瓦策克在成功让我改信新的信仰之前，累出了一身大汗。后来，大约在夏天过了一半的时候，我们还在进行这方面的练习，不过变换了角色，我试着让人改变信仰，而瓦策克则扮演黑人。虽说开头他有点儿别别扭扭，不顺畅，后来他自己放松了下来，还说，这甚至能让他更好地认识黑人的心理。而我就这样一点一点地学到了许多本领，我独自一人，一天就能说服五十多个黑人改信基督教，而遇上好天气还能更多。

直到将近八月的时候我们这才稍微停下来。瓦策克就是瓦策克，这种实验他能一做就是几个钟头，而我脑子里装的就不只是这一件事。收割期到了，粮食要脱粒……在这个时期我有点疏忽了他，我到地里去干活儿，他则是去采蘑菇或者是在花园荡秋千。有一次吃晚饭的时候我提到，让黑人改信基督教最好是在夏末秋初。一般而言那个时候也更利于思考问题，这涉及他们的饮食习俗——他们不至于偶尔吃点什么素食也不行。因此假如我们随身带有醋渍牛肝菌、一点干面条，让他们尝尝，给他们看看，是什么东西和怎样做。他们对传教士也许就不会那么激烈抗拒，而且他们身体或许还会更为健康，因为他们在传教士那里会得到营养！我甚至表示过,尽管我自己也不富裕,但还能独自给瓦策克准备好上路的一切费用。可是就这么一日挨一日,瓦策克还没有走。

我们甚至开始下起了象棋,因为夜变得越来越长了。时不时,每当他吃掉我的王后或马,我总要提到,说这样一个黑人如果在圣马尔钦节①前不能使之改宗以后就更难了,因为黑人从新年开始就什么也不愿意做。于是我们开始玩起了六十六点,可是瓦策克玩纸牌手气总是好得少有人能赶上。不止一次,我望着自己手中的纸牌,看到那个可怜兮兮的黑桃杰克,我就想,它太像个黑人了,于是就顺嘴说出:

"想让这样一个黑人虔诚地改宗,就得尽早做好准备。过后时间又太少,因为总有这样那样的事打扰,再也没有什么比让一个黑人改宗半途而废更糟糕的事了。"

毕竟我总是个温婉的人,直到在十月的一天粗心说了句不着调的话,使我时至今日不能原谅自己。

那时我们恰好在屋内坐下吃提早的晚餐,可以理解,考虑到天凉,已经不是在凉台上。瓦策克叫我把盐递给他,这时我说:

"盐是精华,而黑人——总是黑人。"

---

① 圣马尔钦(约316—397)罗马传说中的圣徒,酒鬼和流浪汉的保护神。圣马尔钦节是在每年的11月2日。

"你说这话是什么意思?"瓦策克问道,并停止了喝汤。我生气地将餐叉往一块牛肉上猛地一插,什么也没说。我沉默不语。而瓦策克说:

"如果你觉得我在这里碍手碍脚,我这就走。"

我一看,他果真站了起来又走到了花园里。他独自坐在池塘边上,背朝房子,默默无言地坐着。他生气了。我没事——但也卡了壳。我吃完了晚饭,点着了烟斗,佯装对什么都满不在乎。甚至轻轻吹起了口哨,为的是给自己鼓劲儿。这时天色已经完全黑了,而瓦策克没有回来。我开始感到不安。我心里很不好受,不管怎么说,瓦策克——总归是瓦策克。我终于出门走到院子里,轻轻叫了一声:

"瓦策克!"

寂静。

"瓦策克!你坐在那里干什么!其实做这件事你有的是时间啊,再说他们迟早也会自己改宗!"

但是没有人回答,我吓了一大跳,赶紧跑到池塘边上。天啦!一个人也没有。只有菖蒲在摇晃,而池塘底上的淤泥深不可测。时至今日我仍不知:瓦策克究竟是滑了一跤失足掉进了淤泥,还是去了非洲?

最糟糕的就是这种悬念。

神 甫

神甫是个年轻人,戴着一副薄镜框的眼镜;柔软、稀薄的头发往脑袋左边梳。

直到担当自己使命之前,他从来不曾离开过旧金山。神甫的父亲同样是神甫,也是他服务的那座教堂的法律顾问。他在教堂里给低级官员布道,这个教堂的大部分信徒也是由这些低级官员组成的。他开了一间法律办公室,还拥有近海航行船务公司的股票。后来他死了。他死时恰逢儿子从传教士学校毕业。

派遣年轻神甫的那些上司做得正确。他作为一个才智过于平庸的人,不适合当领导,但他能在为有色人种开办的学校里占有宗教课程教师的位置。于是他去了东京。

这一路他边走边祷告,边想着自己的使命。父亲对他的管教严厉,小伙子在自己的一生中做过的类似祈祷多得不胜枚举。

在东京,教会顾问说:

"指派给你的任务是艰难的,却也是特别合乎上帝心意的。你要去的地方是广岛。"

这个名字他是在报纸的大标题上看到的，那是个夏日，当时他十六岁。

年轻的神甫佩特尔斯到了指定的地方，不禁忧心忡忡。这城市与旧金山大不相同。

他为第一次布道做了长久的精心准备。传道站就设在高速公路边上冒出的许多小房子中的一幢里。

年轻的神甫佩特尔斯，尽管什么也不明白，然而没有主题思想他便不会布道。他给自己设立了两个论点：其一，是防止信徒犯罪的论点，生活在贫困中的信徒，随时受到罪恶的诱惑；其二，是个平行的论点，即那种作为战争破坏后果的贫困，正是对罪恶的惩罚。他将《圣经·马太福音·第二十四章》视为最合适的布道基础。

那些信徒，总数不过几十位，都是居住在附近小房子里的本地人。布道每星期一次，在礼拜堂举行。信徒们只是在布道时才出现。他们默默无言坐在长凳上，只等布道一结束就纷纷来到院子里，那里有人向他们施舍肉汤。然后他们便消失得无影无踪，直到下一个星期天才出现。

应该说，年轻的神甫佩特尔斯刚走上布道台时，还有些忐忑不安。但是第二十四章中熟悉的文字使他恢复了良好的自我感觉。他提高了嗓门儿读道：

"……你们不是看见这殿宇么？我实话告诉你们，将来在这里，没有一块石头不被拆毁……"

他朝大厅瞥了一眼。那些灰头土脸的人坐在那里，身子缩成一团。

"……你们也要听见打仗和打仗的风声，总不要惊慌。因为这些事是必须有的。只是末期还没有到。"

"民要攻打民，国要攻打国，多处必有饥荒、地震。"

"那时人要把你们陷在患难里，也要杀害你们。"

他抬起了头，因为他听见了脚步声。在两排长凳之间一个瞎眼的姑娘往出口处挤，伸出的双手碰着了人们的脸和肩。

他感到惊诧又气恼，但他的目光还是回到了诵经架上敞开的书页：

"在房上的，不要下来拿家里的东西。在田里的也不要回去取衣裳。"

跟着姑娘的足迹，其他人也朝出口移动，走到街上。人们有次序地离开，毫不推搡拥挤，离门远点的人静静地等候，直到过道空出来，然后他们转过身子全神贯注地离开大厅。年轻的神甫佩特尔斯张着嘴巴钉在了布道台上。好在这么多年来他吃饭前必须祷告并没有白费劲。所以如今他觉得能留住离开的人们唯一的办法，唯一的力量就是《圣经》——这《圣经》白纸黑字印刷在他面前敞开的书页上。

"……当那些日子,怀孕的和奶孩子的有祸了!……"

"你们应当祈求,叫你们逃走的时候,不遇见冬天或是安息日!"

"因为那时必有大灾难,从世界的起头直到如今,没有这样的灾难,后来也必没有。"

"若不减少那日子,凡有血气的,总没有一个得救的……"

他的眼睛再次离开书本,用一个双亲违背郑重的许诺、不肯带他上电影院的儿童的目光环顾四周。大厅已经空了,只是在中央跪着一个老人,前额低向了地板。远方的摩托声在空空如也的屋子里颤动,空气中飘散着肉汤的香味儿。

于是他读完了最后一条语录:

"……谁坚持到最后,谁将得救。"

他合上了《圣经》,朝最后一名信徒走去。

这是个秃头的老人,身子摇摇晃晃。仿佛转眼就要摔倒似的,但过一会儿他又恢复了平衡。他睡着了。战争夺走了他的听力。

当代生活

作为一个奉公守法的人，我决定按照官方术语的精神过一天。

第一天

我脑壳上挨的重重的一击把我打醒了，以这种方式提前结束了一夜的睡眠。尽管我还尝试过轻微的反抗，可接下来的几次重击把我从被窝里摔到了地板上，在那里我挡住了"扼颈"。穿衣服的过程还算顺利，几次小小的冲突可以忽略不计。这样一来我就打赢了起床的战役。

我进入盥洗室，不久便从那里传来一串机枪声。是我用轻机枪武装了自己，为清洁牙齿而战斗。显然这场战争我大获全胜，因为不久我就出现在门口，同时打了个愉快的信号。剩余的只不过是几声枪响的问题。踏着管理员的尸体我走出家门来到大街上。

我想吃早餐。在牛奶店我征服了女收款员，拿着缴获的账单我走向了小吃部，在那里也不乏碰到鱼雷。准确发射的，快速的现代化的鱼雷战最终以我的胜利结束。我的战斗目标是获得用三个鸡蛋做的一盘炒鸡蛋。

后来我还曾为许多事情而斗争。在白刃战方面我打赢了往头上戴礼帽的战役。两枚手榴弹足够在公共厕所将我的活动进行到底。香烟我是经过半个小时的战斗和用直接火力烧掉报亭经营人的摊子之后，从坦克的装甲炮塔购买的。终于在为一切而战斗、打赢了夺取一切的战役，同时希望接下来的战役我同样会取胜，怀着这种想法，我回到家中。经过了上床战役的小小摩擦，其间我用佩刀割伤了自己，我总算睡着了，这一天过得很幸福，尽管异常疲惫。

第二天

今天早上，我从窗口向外一望，我看到，在院子里，大门前面，站着一个问题。后来当我走出家门的时候，它仍然站在那里，没有改变姿势。午后我遇见它也没有变化。直到傍晚它站累了才把重心从一只脚换到另一只脚上。我一边怀着惴惴不安的心情躺下睡觉，一边同情可怜的问题，翌日清晨我又能看到它，一动不动地站着跟头天一样。我搬来一张折叠椅,让它坐着哪怕是休息片刻。可是它不肯坐,跟先前一样站着,只是时不时做个下蹲运动。"这才是问题所在!"我暗自思忖。

这幢房子的住户不时放下自己手中的活计,探身朝院子里观望,想看看问题是否还戳在那里。我们对它已经习以为常。母亲们将它作为孩子们的榜样,男人们对它艳羡不已。当我在一天清晨,跑到窗口一望,确认问题躺倒了,引起的轰动确实不小。它痛苦的时间不长。由居民委员会出资,我们给它办了葬礼。曾经下意识地提出问题的活动家出现在坟场并发表了告别演说,借机又提出了几个新问题。

但是居民委员会已经没有钱给这些问题送葬。

偶发事件

我坐在古老而空旷的咖啡馆里喝着茶,注意到一个大概称得上小侏儒的人正在我坐的桌子上走过。他的身材异常袖珍,穿着灰色的夹克,拿着公文包。我非常惊讶,以至于第一时间都有些不知所措。终于我看到,这位行人快速经过了香烟盒,朝桌子对面走去,并没有注意到我。我冲他喊道:

"喂!"

他停下来,看向我的目光丝毫没有惊讶。对于他来说,显然是有这样一类人存在的,他从很久以来就已经对我这种人"免疫"了。

"喂!"我笨拙地重复着,"因此,嗯……您是……?"

他耸耸肩。我意识到自己的失礼。

"是的,嗯……当然,自然啰,"我快速补充道,"这显而易见。"

我想化解这种尴尬,又说道:"您近来怎么样?"

问题碰到了最正常不过的回答:"一切都是老样子。"

我继续狡猾地接话,以防万一:"是的,是的,当然。"

然而在灵魂深处,我不知该如何摆脱这种异样而兴奋的感觉,这种感觉从我见到他的第一刻开始就笼罩着我。日子是那么的寻常,我也一年年地老去,作为一个不大、也不是最小国家的公民,收入足够维持生活,但没有似锦的前程和有如神助的运气。当现在出现了令生活更有意思的机会时,我丝毫不愿放弃。我调整好自己,礼貌地开始讲道:

"一切都是老样子。但是,您知道,先生,有时我觉得,所有的平常性只是一种托辞、一种表象,在它下面隐藏着其他意义——更宽广、更深层面的。或者从根本上就是具有某种意义。诚然如果太近距离的接触细节会令我们无法全面地看待整体,但可能会有所感觉。"

他漠然地看着我,说道:

"先生,我们是简单的侏儒,我们能知道什么?"

"是的,我同意。"我追问道,"但是当您感到所有的一切与我们想象的完全不同时,那些比我们所注意到的多得多的、在我们身边发生的现象已消逝时,当我们细小的、平常的体验——被发现'它们都不是这样'时,您不会被不安所困扰吗?您从来没有想过穿透这层遮挡我们视野的柔和迷雾,确定地看清它后面有什么吗?请您原谅,我如此冒犯;我很少有机会跟您这类人谈话……"

"噢，没关系，"他以上流社会的礼貌回敬我，"您说的这些，的确是这样，人都太忙碌，头脑中被各种事情填满了。需要生存下去，您自己也知道。"

然而我无法相信这一切，我不会为世上的任何事放弃现在的这场谈话，它以目前这样一种方位组合形式的伙伴关系，给我如此的认知可能性，甚至从某种意义上讲是——经验主义的。

我用指甲轻轻地抓住他的衣扣，接着说："先生，我多少次有这样的念头，应该去解开秘密。这里我想谈谈艺术。我觉得，艺术是某种边缘地带，但我不知道如何界定，它是介于什么与什么之间的边缘地带？噢，我们想象一下，比如一个'什么'是我，而另一个'什么'是您。那么，艺术处于何处呢？"

"我没受过教育，先生。"他说道，徒劳地努力挣脱自己的纽扣，我比他要庞大五十倍。"也许您说得有道理，但是您知道，世上有这么多方向，而留给人的只有一条路，只不过就是生存下去。"

"怎么能说'只不过'?!"我喊道。我眼前站着的这个人，这个个体的存在对我来说就让我的认知向前迈进了一大步，我必须好好利用。"那您怎么认为，比如说，我不再胡乱提问了，只想问：什么是生命？"

他温和地劝说道："先生，我已经说过了，我们只是简单的小侏儒，我们怎么会知道一切呢？啊，生命流逝，一天接着一天地走过,每个人都需要生存下去。您也是成年人了。"

"的确,生命流逝!但我从来都不相信,它将平庸地流逝掉,它必须拥有某种精致的、更深层次的东西和金色的麦粒,不是吗?"

"先生,您看着我,"侏儒以比我所预期的小得多的耐心对我讲,"我看起来像你该问这种问题的人吗?我是神甫还是教授?先生,生命的奇异与美好,都是书上写的,不是给予我们这些普通的侏儒的,天上的馅饼从来都掉不到我们头上。"

"因此您不回答,您不想说!"我的那股兴奋与狂喜消失无踪,在这种境况下容易产生和可以理解的激情顷刻间降了下来。我知道,我丢失了什么。我放开扣子,充满了失望与沮丧。

"您认为,我是恶意的?"这个好人担心地说,"我可以肯定地告诉您,就算我们有时会像您认为的那么想,我们也很难真正做到,因为人都会被某些具体的现实所束缚,这现实拥有坚硬的轮廓。这是问题的所在。请您别再胡思乱想了。"

"你保证?"我确认地说道,多少感到些安慰。

"以荣誉保证。但现在很抱歉,我必须走了。要生存。再见。"

"再见。"

他结束了穿过桌子的漫游,消失在长沙发的拐角处。

在旅途中

刚拐过 N 村就驶入平坦的、沼泽密布的草原，稀稀疏疏的麦茬就像新兵的光头一样闪亮。马车疾驰着，毫不顾忌路面的崎岖与泥泞。远方，在与马耳平齐的高度上绵延着一条针叶树林带。四周空空荡荡，一如通常这个季节的景象。直到我们行驶了一段时间之后，才有一个人影出现在我们的视线中，随着我们越驶越近，这个人的形象也越来越清楚。此人有一张大众脸，身穿邮局职员的制服。他一动不动地站在路边，当我们经过他身边时，他用冷漠的目光扫向我们。当他从我眼前消失之后，我们眼前又出现了第二个人，身穿相似的制服，同样一动不动地站着。我仔细地打量着他，但很快又出现了第三个这样的人，之后又是第四个。所有人都面向公路站着，目光麻木而又茫然，身上的制服破旧又有些褪色。我惊讶地在座位上欠起身，想从马车夫后背上方更好地看清前方道路。的确——远方再次看到下一个笔直的身影。又经过两个人之后，无法抑制的好奇心笼罩着我。他们之间相隔一定的距离，但仍能相互看到，站姿基本相同，对马车的关注度也并不比路边的电线杆对过路人的关注度高多少。我凝神注视着，一个又一个，总是经过一个后，又会出现下一个。我就要开口问马车夫这是怎么回事时，马车夫头也没回地主动说道："执行公务。"

此时又经过了下一个目光冷漠、僵直站立的人。

"怎么回事？"我问道。

"很平常，他们站在那里有公务。驾，栗色马，驾！"

马车夫没想继续解释，可能认为没必要。他赶着马，时不时用鞭子抽一下。一路迎面而来的路边的黑莓、小教堂和孤独的柳树，又次第离我们远去，其间穿插一个又一个熟悉的身影。

"什么样的公务？"我追问道。

"能是什么样的？国家的呗。电报线路。"

"什么？"我惊叫道，"电报线不是需要电线和电线杆吗？"

马车夫看了我一眼，继续挥动胳膊赶车。

"看来您是从远处来的。"他说道，"当然谁都知道，普通的电报线路是需要电线杆的，但这是无线电报。本来这里是计划安装电报线的，但是电线杆子被人偷了，线路也就没了。"

"什么，没了？"

"很正常呀，没了。驾，白马，驾！"

我惊讶地沉默下来。但我没打算就此缄口。

"那好，无线电报是怎样呢？"

"能怎样？第一个喊给第二个，第二个喊向第三个，第三到第四，这样传递下去，电报内容也就抵达目的地了。现在是没人发报，如果有什么的话，那您自己就可以听到了。"

"这样的电报也能运作得好？"

"这样怎么不行？运作得很好。只是有时电报内容被以讹传讹。最糟的情况是，如果他们中有人喝醉了，这时添加些各种自己幻想出来的词，就这样传出去。就这样，除此之外，它甚至比普通的电线和电线杆发出的电报更好。因为众所周知，活的人总是更智慧些。而且不会被暴风雨损坏，还节省了树木，要知道在波兰，我们这里森林被破坏得非常严重。只在冬天有狼时，才有一段日子停止砍伐。驾！"

"那么，这些人满意吗？"我好奇地问。

"为什么不呢？工作也不累，只需要认识些生词。现在我们的邮电局长甚至因为改良有功，升迁去了华沙。应该再给他们配个现代化的小喇叭，别让他们把肺喊裂了。"

"那如果这里有人是聋子呢？"

"他们不雇佣聋的，口齿不清的也不雇。有一次，有个结巴因为关系被塞到这里，但后来被调走了，因为他会把线路弄断。他们说，在第二十公里处站着的那个是戏剧学校毕业的，喊得最清楚。"

149

我又沉默下来，脑子被这些理由搞得有些乱。我已经不去注意路边的人。马车在沟壑中颠簸着，向森林驶去，越来越近。

"那好吧，可你们不想用电线杆和电话线连接的新电报线路吗？"我小心地问道。

"上帝保佑！"马车夫激动地说，"因为这样，现在我们县很好找工作，电报业尤其突出。而且那些充当杆子的人还可以挣些外快，因为如果有人有特别重要的电报，不想被篡改，那就驾上四轮马车，跑上十或十五公里，沿路交点钱给每个人。这就是无线电报，总是与有线的不同，更先进些。驾！"

透过辚辚的车轮声隐约传来虚弱的叫声，既不是瑟瑟的风声，也不是遥远的哀嚎。听起来大概像：

"噢噢噢哎哎哎啊啊啊噢噢噢……"

车夫从座位上耸身，竖起耳朵听着。

"他们发电报呢。"他说道，"我们停下来，会听得清楚些。吁，吁！"

当我们单调的车轮声停下来之后，原野上一片寂静。在这空旷的寂静中，越来越清晰的呼喊声向我们传来，就像沼泽中唤鸟的声音。站在离我们最近处的那个"电线杆"将手拢起，罩在耳旁。

"马上就传到我们这儿了。"马车夫小声说。

的确。只是最后从我们旁边的树后传走的最后一个音节是

"三三三",一直还在延续地传递着:

"父父父……亲亲亲……死死死……了了……葬葬葬……礼礼礼……周周周……三三三!"

"永远安息了。"马车夫叹息道,拽着马。我们已经驶入森林。

艺 术

"艺术教育人。因此作家必须懂得生活。最好的证据就是普鲁斯特。但是普鲁斯特也不懂得生活。他离群索居,整日蜷缩在四面墙用厚软木材料铺填得严严实实的卧室内。这是个极端的例子。不能在四面墙用厚软木材料铺填得严严实实的卧室内写作。什么也听不见。您现在都在写些什么?"

"写竞赛用的短篇小说。我已经有了构思。正在艰难改造的偏僻乡村。小雅内克给一个富有的东家放牛。突然头顶上方传来轰隆声。是一只铁鸟,飞机。雅内克抬头仰望,浮想联翩:要是什么时候我自己也能这样飞该有多好。忽然——啊,奇怪!飞机越飞越低,片刻之后便降落在牧场上。一个身穿皮连衫裤,戴飞行眼镜的人从机舱里跳将出来。雅内克朝他拼命跑了过去。来人冲着跑得气喘吁吁的男孩笑着问,此地哪里有铁匠铺。飞机出了点小毛病需要修理。雅内克帮忙找到了铁匠铺,机器修好后戴眼镜的人对雅内克表示感谢,而当他看到男孩的眼睛里闪烁着好奇和关注的光芒,便问道：'你是不是也想这么飞？'男孩点头，激动得说不出一句话。发动机响起了轰隆声，不一会儿这钢铁的鸟儿便飞到了牧场的上空。飞行员的脸从驾驶舱伸了出来，微笑着对雅内克点头告别。

"过了一段时间。雅内克像往常一样放牛。但他无法忘记这次奇遇。终于有一天邮差跟雅内克孀居的妈妈一起向他们居住的茅舍走来，老远就抬手摇着一个白信封，脸上挂满了笑容。这是航校录取通知书。戴眼镜的人没有忘记他。雅内克乐得差点儿没背过气去。于是他进了城，航校毕了业。后来他开上了飞机。又是过了片刻，他的钢铁鸟儿便离开了地面在空中翱翔。他的母亲走出茅舍手搭凉棚。雅内克在故乡的上空画了个圆圈，向母亲点头致意。他的梦想实现了。"

"不错。如果一个作家懂得生活，有时甚至出现这样的情况，即使作家本人的思想意识跟不上时代的步伐，他的作品仍然是进步的。典型的例子就是巴尔扎克。他在某种程度上有颂扬贵族和君主制度的倾向，但是他那些现实主义作品说的完全是另一码事。我好像读过您发表在最近一期杂志上的短篇小说？"

"不错。《佛兰尼奥的奇遇》，我是应出版社约稿而写的。写的是有关年轻人生活中某些典型的心理问题。一群小伙子相约去郊游。大家唱着歌列队齐步行进。唯独佛兰尼奥偷偷离开队伍。他抛弃同学们的陪伴，想独自穿过森林。很快他就迷了路，而后又掉进了一个洞中。他试着从洞里爬出来，但没有成功。终于他开始呼救。同学们听见了呼声，找到了他，在玩笑和挖苦声中帮他从洞里爬了出来。从此佛兰尼奥再也没有远离同学们。"

"不错。艺术具有崇高的使命：教育人。因此在我们的社会作家的作用是极其重要的。作家是人类灵魂的工程师，而批评家则是作家灵魂的工程师。借我五百兹罗提。"

"我没有。我能借你三百。"

"三百就三百。"

恋爱中的护林员

在东部的某个田庄,生活着一个护林员,他有一把奇大无比的胡须。胡须曾是他的骄傲。有这样一把胡须让他看起来很英俊、帅气。

护林员爱上了地主庄园的小姐。他为能经常见到小姐找借口,年年屠杀大量的野兔,将那些打死的野兔送到庄园。

"做烤野兔里脊。"他对厨娘说。不过他并非每次借此机会都能见到小姐,因为她经常在图书室或是在备餐间吃东西。

有时,当庄园的主人和众食客围坐到桌边,看到野兔做的菜肴便显出不乐的神情。不止一次,地主太太望着姑娘的脸严肃地说:

"又是这野兔!"

小姐满面通红,低下了头。

护林员胆子小,再说社会地位差别也不允许他接近小姐。

终于有一次他仿佛觉得,他的梦想要实现了。

护林员正好要到庄园送野兔,可这次没有走通向门廊的那条路，而是从侧面园子的方向过来。他瞥见小姐独自坐在凉亭上，双手按住一本翻开的书，正陷于沉思中。她的秀发落到了额前，咧嘴微笑；胸部起伏，反应呼吸急促。

这景象让他着迷，不由想把野兔扔到随便什么地方，哪怕是塞进蚂蚁洞里，而自己跳过栅栏跪倒在姑娘脚前，向她表白自己的爱慕。

也就在这一瞬间地主太太从厢房走了出来，女仆跟在她身后，拎着一篮洗过的内衣。地主太太喜欢亲自照看一切。

"没有监督狗会变野，没有我这个家就会落败。"当别人提醒她过于操劳的时候，她总是这样说。她环顾四周，也就在此时她发现通常晒衣服的绳子留在了库房里。

"您站一会儿吧。"她冲护林员喊道，接着将他那把奇大无比的长胡须分为两缕，把一缕的末端系在一棵树上，把另一缕的末端系另一棵树上。

"今天必须晒干。"她解释道，"乌云上来了，或许不久就会大雨倾盆。我丈夫会给您增加薪俸。"接着她吩咐女仆把内衣挂在护林员绷紧的胡须上。女仆执行了地主太太的命令，拿起空篮子，走了。

护林员独自留在两棵树木之间，他的胡须系在了树上，大檐帽耷拉到眼睛上，手中拎着一只野兔。

现在该如何走向心爱的姑娘？

而她一直坐着，双眼盯着远方，一动不动，仿佛在天地之间她发现了某种不确定的人们不熟悉而唯独少女的心灵能懂的东西。

护林员一次又一次真想猛地扯下胡须，真想猛地扯下！但是怎么扯，甚至连喘口气都不敢，但愿小姐这会儿千万别看到他。使他挠心的甚至不是逼他承担这种对男人来说不体面的工作。若能换取她的一瞥，他连这点都能承受。可是那内衣……那是小姐的内衣。这才让他感到非常害羞，也非常害怕小姐瞥见他，他渴望最寂静无声地待着，踮起了脚尖，脸上的红晕烧得越来越厉害，以致开始悄悄地咝咝响，冒着蒸汽，泪水慢慢落到他发烧的面颊上。

而小姐慢慢合上了书本。站起身，飘过了草坪，走向了池塘，在那里喂天鹅。她的眼睛始终那种样子，沉思默想，遥不可及……她是否看到可怜的护林员发生了什么事？不清楚。谁能猜到女人内心的秘密？

曾经有人在集市上遇到护林员出售打死的野兔。他已是蓄了一绺剪得很短的英国式小胡子。这种短胡子跟他的脸很不相称。姑娘们都取笑他。

波兰的春天

今年的四月特别温暖，月初的某天上午，克拉科夫近郊大街和主干道上涌动的人流目击了一场不寻常的事件。一位身穿军用雨衣、腋下夹着公文包、头戴礼帽的男子，在没有任何工具的帮助下，只是轻轻地像鸟一样舞动着胳膊，就飞到了屋顶之上。他在国际杂志与书籍俱乐部的楼上划了个圈，突然像看到了公路上的什么东西似的，俯身飞了下来，站在人行道上惊恐的首都居民不由自主地向后退开，但能够清楚地看到他戒指发出的光芒和他鞋底的样子。他又再次向上飞行远离地面，发出尖锐的、极具穿透力的叫声，冲到了原先的高度，再次在市中心的上空划出了一个壮观的弧形，然后向南飞走了。

这个事件显然引发了诸多评论。尽管在媒体上一直封锁着关于此人的消息，因为还不知道他是从什么位置上飞走的，但很快全国都已经知道了一切。如果不是接下来发生的事件，这件事还会在人们的记忆中停留得更久一些。那是在几天后，就在几乎相同的地方，再次出现了两个夹着公文包的男子，他们在偏南的方向拨开乌云，振臂飞走。

春天来了，白天变得越来越暖和。起初是在华沙，后来在省级城市，甚至在县城的上空都越来越频繁地出现穿身大衣、夹着公文包的飞人，有时两个三个一起，然而最多的还是单个出现，他们在空中做芭蕾的竖趾旋转动作之后，最终消失在南方。

社会呼吁真相，再说长久隐瞒也没有意义。因此官方的公告说，由于气温升高，春日回暖，国家机关各个办公室和机构的窗户都打开了，很多在这里办公的人由于自己鹰的天性，离开了自己工作的地方，从窗口飞走了。公告最后向所有公务员和官员呼吁，请谨记五年计划的最高任务，战胜自己血液中的野性召唤，留在自己的岗位上。

接下来的几天召开了群众大会，要求公职人员在会上必须进行自我斗争，不再飞走。但这开启了悲剧的冲突。尽管他们抱有留下来的最好意愿，但在首都和其他城市上空飞翔的官员数量并没有减少下来。他们在白色的云团中翱翔，在明媚的蓝天中翻着筋斗，在夕阳西下时打着盘旋，陶醉于自己飞行的能力，驱赶着额头前春天的暴风雨。他们急剧下降，又很快飞起，冲向人们肉眼无法望到的高度。一次次由于疯狂的飞行而脱落的靴子或眼镜从天上掉下来砸到行人头上。变得空空荡荡的机关里，工作陷入瘫痪。

从塔特尔山传来告急的消息。山区服务站报告说,有大批官员出现在山脊和山峰上,并在最高处的峭壁前飞来飞去,伤害到了当地的动物。投诉与日俱增。在诺沃塔尔斯基县,一周内就有二十八只小羊羔毫无痕迹地消失了;在穆希纳有一只鹰,有人认出这是某个部门的副主任,他以令人惊愕的迅猛之势抓走了一头小猪。这些飞人像闪电一样从空中俯冲而下。

现在已经接近五月了,所有机关的窗户都打开了。变鹰现象最常出现在高层领导身上这一事实让情况变得更为严峻。越是级别高的机构,变成这种皇家之鸟的官员比例就越高。当公民们一次又一次看到这些平时只能在演讲台上或者照片中才能看到的高官显要,在空中摆动着双腿,像热气球一样盘旋之时,他们的权威已被踩躏殆尽。

国家因此下了一道命令,不管气温如何变化,所有机关和机构的办公室窗户必须关闭。至此所有的窗户都被关上了,但这也于事无补,真正的鹰甚至可以从通风口飞出去。

又尝试了各种办法。把某些人的鞋子绑上铅球的做法也是徒劳的,他们可以把鞋脱了,穿着袜子飞走。把那些可疑的人用绳子绑在办公桌上,但他们的鹰嘴可以把绳子啄断。常常可以看到,某个官员叹息着,在责任感和天性召唤之间做着内心的挣扎,最终站上了窗台,羞怯地咳嗽一声,飞走了,往往还在空中把正餐吃完,把茶喝掉。

在这种情况下,行政事务的办理就变得异常复杂了。那些飞走的公务员中绝大多数都把他所负责的所有文件放在公文包里带走了。我要找G公务员办件事,得益于认识的护林员,才得到关于他的消息:有人看到他在"海眼"附近正与一只岩羚羊战斗。于是办事的人们组织了一次远征,到达那里,希望能找到这些公务员的窝或者他们捕食的猎场。国家的登山运动得到了大力发展,然而国家的行政管理已经完全瘫痪了。

林业管理局收到抓捕这些逃犯的指示,可是谁去那里抓这些会飞的、敏捷的、迅速和大胆的家伙呢!令人意想不到的唯一可以奏效的办法是,在每月一号前,在发工资的款台旁撒下网,结果成群的家伙都飞到了财务部门上方,他们转着圈,发出兴奋的尖锐叫声,如同受到了比本能还强烈的驱使。然而过了一号他们就消失了,那些成功被抓的,要么变得虚弱不堪,要么再次逃走。

就这样春天过去了,夏天到来了。炎热,自由大爆发,充满了飞行物。秋天在悄然而至,如同疾病一样,阳光变得柔弱下来。在山上越来越难以觅得食物。最后一批到希维尼查出游的学生看到了一位躲在岩石缝中的某公务员,这是第一个见到接近他的人群而没有飞走的人,而且他还以犹豫的眼神望向人们。他的胡子藏在薄薄的、已经破旧不堪的大衣领子里面,大衣显然是春天飞走时穿的那件。直到人们已经非常靠近他时,他才踉跄地跑开了几步,并发出嘶哑的叫声,然后沉重地飞向"五池塘山谷"方向,消失在雾中。

今天下了第一场雪。湿润的雪片静静地飘落在波德哈莱的瓦房顶和马祖尔区的茅草屋顶上。房檐下隐隐传来乡间民歌的旋律,歌中充满了对我们各色各样的官员的钦佩之词,当然也包括我们的首领们——那些真正的雄鹰。

午 休

正前方立着一座大房子，但是穿过走廊我们来到一个空寂的院落，那里有道不高的石墙显然是有意把我们跟花园分隔开来，因为我们看到墙外边樱桃树稠密树叶的小圆顶和点缀其间的正在变红的果实。顺着墙继续往前走，我们会碰到一道木板钉的小门，由于下雨木板的颜色已经发灰，小门上装了个铁的门把手。不过小门是借助门闩锁从那一面给锁上的。在那一面从直线的角度看，紧贴着墙添盖了一栋不大的房子，红色的屋顶。它拥有某种类似凉廊的东西——四个拱门搭建在三根小圆柱上；一层的窗户从拱门下露出来。这栋房子隐藏着公务住宅。这凉廊充满了散发着爱沙草和晒热的药草芳香的宜人阴影。凉廊里有两个男人坐在一张铺了白台布的小桌旁，其中一个年约五十上下，秃头，柔软的嘴巴，穿一身裁剪得非常得体的带点浅蓝色的西服，而一只银色苍蝇就蹲在他那肥胖的下巴下边，如此优雅地点缀着雪白的衬衫，仿佛它转瞬就要飞走。第二个——是位神职人员，穿一袭黑色的教士长袍，扣子几乎扣到了地面。他们之间——三个墨绿色玻璃瓶和两只玻璃杯,各装了半杯啤酒。看得出来,他俩是在整个星期的操劳之后利用周六的下午稍事休息,愉快地期待下一天的到来。他们不时懒洋洋地看看花园的深处,那儿耸立着五层办公楼房此刻又哑又瞎的后窗户。

"我们已相识了这么久,"神甫打破了沉默,慢悠悠地伸手去拿玻璃杯,"可迄今我还不知道,对阁下应如何称呼?"

"我理解神甫的内心矛盾,"那一位回答,"用我的本名称呼我似乎不妥。啊,我想到的不仅仅是考虑行政级别,简而言之是普通的作派问题。我尊重委婉,它使我俩之间避免了不和谐,一旦神甫费心运用自己的纹章学知识,那时便难免不和谐。"

神甫:"另一方面我又难以按照诸位……接受的习俗称呼阁下……这就是,我想说的是……"

神甫涨红了脸。完全乱了阵脚,干咳了一声。对此那一位脱口说道:

"雇主?让我们直言不讳吧。实际上,我是属于雇佣人员行列,可我不受这个修会严厉规章的束缚。尤其是,作为工作人员我的价值同时也在于,对某些原则我保持纯洁而新颖的态度,而那些原则是直接反对我们共同的……嗯……也就是……"

轮到他干咳了一声,显示出轻微的慌乱。神甫赶紧接着回答:

"……可以说:评审人。而从更广阔视野看问题:世人。不错,评审人也就是世人。那些世人，他们……"

"我明白，我懂，我认为，追求进一步的定义对我们而言没有必要。但是既然我们已经涉及这个话题，我承认，某些疑虑同样使我不安。比方说：时至今日我没有把握，我是否能够称呼神甫，为——驻机关神甫？"

"驻机关神甫？"

"不错。据我所知，正是以这种方式称呼那些神职人员，他们依靠某个世俗机关并在它的范畴内履行自己的职务，这种机关可以是学校、医院、军队、监狱，等等……"

"我斗胆提醒注意，在这种情况下所说的机关比一般世俗的更为重要。"

"是的。请原谅我的纠缠不休，比世俗的更重要。那又怎样！神甫大概意识到，假如神甫在这种地方的存在和工作性质被揭穿，局外人的惊诧恐怕完全是自然的和可以理解的。"

"这个问题同样适应于阁下。"

"不错，但不是在同等的程度上。须知，我的工作不涉及灵魂和哲学领域。我说此话同样在于再次强调我对信仰、艺术和思想领域各种精神使命的微妙性心怀敬意。而我——如果有什么人从那边来，某个监督委员会的某位杰出人士；艺术家或是国王到来——我必出门迎接，因为我自打孩提时代起就知道，应给他们上什么菜

165

肴，怎样的葡萄酒，而配相应的葡萄酒——用什么样的酒杯。我懂得几国语言，了解艺术史，而且我不是共产党员。工作繁重，但不单调，因为在闲暇时我教孩子们——我们的书记们的儿子和女儿跳舞。我的职责是明确限定的，除了外语会话，没有超出体力活动的界限。"

"哦哦，难道这就是一切？"

"不错……我还为较为重要的周年纪念的日子和组织工作效力，这些周年活动精确的规章对于我们的上司往往是陌生的，可是对于我们社会上的部分人却具有一定的意义，这类事往往被忠顺地对待。不过这只是些委托的工作，基本上属于调节我的公务关系责任范畴。至于说到称呼——最简单的办法是称我为'舞蹈师傅'①。"

神甫舒了口长气，眼望着花园。他们头顶上方的天空蓝色变得越来越深，这意味着太阳在慢慢西沉。这儿静悄悄，远离小镇的喧哗声。过了片刻他说道：

"说实在的您这是成功了。"

舞蹈师傅手里的啤酒杯正要举到嘴边，一听此言便停住了，惊愕地问道：

"您是说？"

---

① 原文为拉丁文。

神甫:"非常抱歉。"

舞蹈师傅:"小事一桩,新的现实。"

神甫:"新旧斗争。"

舞蹈师傅:"神甫令我惊诧,这已是第二次。第一次——请原谅——就是我在这里见到神甫的时候。请别见怪,在这同一个服务平台我们突然相遇的时候。"

神甫:"我看不到惊诧的理由。简而言之我是被请来的。书记坦率地提出了问题:'在我们这里有些,'他说,'有些好同志,我没说是所有的人,他们有这个缺点,对不起,神甫,就是经常上教堂。群众见到他们在教堂里,而这不好,不讲策略。开除他们——我们队伍的团结又不允许我们这样做。人是需要教育的,尊敬的神甫。另一方面对公众的愤懑听之任之,也不好,哪怕是考虑到上级机关的反映。我们对您有个建议。我们在我们的委员会办个小礼拜堂,不大,能容纳六到八个人,设一个小祭坛。我们的人一旦必须上教堂就到那里去,悄悄地,都是自己人。而这样一来神甫将能毫无拘束地布道,心里想怎么说就怎么说,可以谈论政府,谈论马克思。那里将全是我们自己人,坚定的同志,不会受您的影响。这样我们的队伍将保持团结,人们也不再说三道四。'我接受了岗位。"

舞蹈师傅:"但是……"

神甫:"我预先回答阁下的论据和保留意见。我接受了,因为我指望自己的布道。在我的这个决定中有某种传教士的精神。可惜,上帝惩罚傲慢和过于自信。"

舞蹈师傅:"可是神甫嘴里的这个有关新旧斗争的短语……"

神甫:"正是。"

舞蹈师傅:"难道神甫英勇的决定——进入狮子的洞穴——没有带来期望的成果?"

神甫:"尊敬的阁下。片刻之前阁下谈到精神和哲学领域,考虑到它们二者的关系赋予我应有的特权,请允许我现在就使用它们,顺便说说,'新旧斗争'的概念跟我的使命和神甫的工作丝毫不冲突,与此同时还使我隐藏的观点表现出来,假若我们的谈话超出两个同事普通社交聊天的界限,定会使阁下大吃一惊。"

舞蹈师傅:"怎么会?"

神甫:"我是个马克思主义者。"

舞蹈师傅耸了耸眉毛,张开了嘴巴,形成了一个圆圈。神甫十指交叉合起了双手,抬眼望天。

舞蹈师傅闭上了嘴巴重又张开,说出了下面的话:

"我赞叹神甫。但我仍然坚持,精神领域的微妙性就我的职业而言是陌生的,我要说的是,我的低水平和无知不只是不允许我,甚至还会给予我某种权利提出问题:神甫是怎么做到这一点的?"

神甫:"首先我渴望坚决排除阁下方面可能产生的一切暗示:

似乎我的身份,其外在标志就是我的教士长袍,在其真实性上失去了点什么。恰恰相反。我的马克思主义观点不仅丝毫不会损害我的神甫使命,甚至还会加强它,以一种特殊的,我甚至要说——党的义务之光点缀它。"

舞蹈师傅低下了头,用一种疲惫的嗓音说:

"我投降。请不要再把我作为辩论对手看待。我只是渴望,有个尽可能容易又耐心的解释——像个小孩子,无法理解教义问答的复杂性,而对于阐明教义的早期基督教作家来说是明白易懂的。"

神甫:"一个普通信徒对信条秘密的谦卑是正确的和值得称赞的。但是起初令阁下如此惊诧的东西,肯定不久就会让阁下觉得易懂得多,干脆是非常简单的事。阁下很清楚,作为委员会的工作人员我有义务参加思想培训班,再说我在那里也常见到阁下。"

舞蹈师傅:"公务需要,仅此而已……"

神甫:"最初我对那些课程所持的也是类似的态度——视为不愉快的现实。但很快那里宣讲的论题和论据开始让我感到兴趣,而后来更以自己的逻辑说服我,再说也以类似的方式说服地球上四分之一的人——这是之所以对我们民主和进步的力量多少可以做出评价的理由。"

舞蹈师傅:"因此神甫还是承认叛教!"

"我什么也不承认!"神甫叫嚷道,拍案而起,"请不要打断我的话!请不要强加于我!"

舞蹈师傅:"对不起。我忘记了。"

神甫:"我原谅。尤其是在我思想发展的某个阶段,我也犯过与阁下片刻之前所犯的同样的错误,因此更容易原谅阁下。我在某个时期也曾想过我是个叛徒。更有甚者,我曾决定,在经过艰苦的内心斗争之后,同我迄今的世界观决裂。为此目的我去找过书记,向他坦诚地说明了我的疑虑,并且声明,由于我朝着马克思主义方向的进化,我不能继续在委员会担任——就像阁下此前渴望称呼的——驻机关神甫的职位。书记高兴了,祝贺我的发展。可是过后他却严肃了起来,把额头擦了许久。终于他沉思地说道:'您听我说,这事没那么简单。如果您不再担任此职,我们的同志又将冒到城里上教堂的风险,这会带来无穷的思想损失。敌对宣传又会受到鼓舞,将扩散到群众中去,而我们则必须首先面向群众。您的思想进步我感到衷心的喜悦,但是您要切记,您的这个进步同时也给您增添了新的职责。简而言之,您应继续留在岗位上。作为我们的人您已熟悉了环境。'

"我提出了抗议。我说,显然书记不了解,我的唯物主义观点的发展走得有多远。确切说——它是如此激进,以致不允许我继续担任我的日常工作。

"对此书记回答:

"'哦,完全相反。正是因为我在您身上看到一个成熟的人,我指望,您能理解什么是策略。您不要忘记辩证法!我知道,让您继续当个神甫对您将是件痛苦的事,但也正是基于您高度的思想水平和深思熟虑,我认为,您能做出奉献。尤其是,您必须意识到,不仅需要您留在机关,甚至需要您在机关带着更大的信念工作,干得更好,效率更高——同时也不丧失自己迄今高度的业务水平。否则我们的同志考虑到您的状况不佳,可能产生不满情绪,开始到别的什么地方上教堂,从而处在我们的影响范围之外。对当前形势的分析要求您做到这一点。请您考虑考虑自己的责任,您就会明白,我对您的奉献精神、您的觉悟和战斗性的评价是何等之高。我在呼吁您的良心。'

"经过一番周密思考,我不否认一定的内心纷争,终于确信,不能排除书记的推理主要方面的正确性。道理有高低之分,只有由于特殊的内在素质才能理解更高级的道理。更高级的道理——瞧,它是什么!现在阁下可明白,我的使命和我的世界观不仅不相互妨碍,而且会互相配合,构成辩证的统一。"

舞蹈师傅用一方细麻纱手帕擦脸,答道:

"请接着说下去。"

神甫:"是的,是的。我经历了世界观发展的那两个阶段。第一阶段:天真的和坦诚的,但局限于自己的视线,而甚至是意识不到有害的思想批判主义的时期，为了后来进入更高的觉悟程度，进入充满策略活动，尽管要求我们不止一次做出牺牲，但也给予我们深刻的严峻责任感，锻炼我们机关复杂机器和政治思想的有效性的阶段。"

舞蹈师傅："太阳下山了。"

神甫："可不是。大自然有自己的法则。"

在正午晒热的小花园里一派寂静。舞蹈师傅开了第三瓶啤酒，倒进了玻璃杯，杯子里立刻冒出许多白色的泡沫。

"不过，"舞蹈师傅说，一边拿起了玻璃杯，"我是满意的，我的工作，是无可比拟的渺小，不蕴含哲学因素。三，四，开始！[①]瞧，这就是对我的要求。"

就在这时传来了小门上的敲门声。神甫和舞蹈师傅相互瞥了一眼。

"有趣，会是什么事？"神甫说。

---

① 原文为拉丁文。

第五军团的退伍老兵

在我住的那层楼里还居住着一位精力旺盛的老者。从他的门口经过时,我听到他在哼唱:"当军号召唤我们冲向战壕。""掷弹兵的命运。""致敬,姑娘们,我们去找你们,我们去找你们。"我在商店碰到过他,当时我们都在那里购买面包、乳制品和酸黄瓜。他大概有七十多岁了,但腰杆依然挺拔。后来,在秋天,我更近距离地认识了他。那时我要离开家,正在用钥匙锁门,他打开了自己的房门,请我到他那里聊几句。我走进了他那间空空荡荡、让人感觉到冷意的屋子,那里只有一张桌子、一张铁床、一把椅子和一个用深色橡木雕刻的巨大柜子。风在深思中用手指敲打着黑色的窗户。

我们默默地相对站立了一会儿,然后他望着我的眼睛,缓慢而有力地说:"我曾是第五军团的少尉。"

"啊哈。"我说道。

"是的,第五军团。"他强调地重复道。

我们又这样僵站了片刻,他觉察到自己的话没有让我产生他所预期的反应时，低下了头。我对第五军团的确一无所知。

"今天是军团的节日，它曾是国家最光荣的一支队伍。您太年轻，不会记得这些。"

我摊开双手表示爱莫能助。

"您打过仗？"我讨好地问道。

"行军！啊，我们会怎样地行军！我们曾那样地阅兵游行！今天第五军团已经没有人了，我查过了，我是最后一个。"

"因此……"

"今天是我们军团的节日。在每一个军团节日都会举行盛大的阅兵，报纸上也会长篇报道。这曾是领袖的近卫军团，我曾在此军团专职服役，没有人口号能像我喊得那样好：万岁！乌啦！乌啦！乌啦！"

他挺胸立正，手掌贴在臃肿的裤子的裤线上，眼望着窗户，目光像布满灰尘的鹰隼标本。

"对不起，祝谁万岁？"我问道。

"乌啦！乌啦！乌啦！"

新一轮大雨敲打着窗玻璃，如同热烈鼓掌的回音。

他走近柜子，柜门上有葡萄藤图案的浮雕，柜门打开发出了沉重的吱嘎声。我透过他的肩膀看过去，柜子里唯一有价值的东西是一根用床单包缠着的旗杆。老者靠紧脚后跟立正，抓住旗杆，把它从柜子里取出来。这是一面旗帜。灯泡高高悬挂在水渍斑驳的天花板上，在昏暗的灯光下，那面破旧到近乎腐朽的旗帜被展开。金色的狮子口衔着数字"5"。陈旧暗淡的紫色与房间污迹斑斑、光秃秃的灰白色墙壁背景形成了反差。

"我们走。"他说道。

"走？去哪儿？"我惊奇地问。

他把旗帜靠在柜子上，双手合十做祈祷状。

"我恳请，您不要拒绝。没多远……求您了……"

我没有拒绝。他用报纸包起旗帜，带在身上。

最后一趟有轨电车把我们带到了中心广场。雨忽骤忽歇，几经反复之后，间或有几刻钟的消停。我们在中心广场附近下了车。我们目光所及之处是大片黑色的柏油地面，被风吹得晃动不止的几盏路灯的灯光在地面上摇曳。"以前所有的游行和集会都在这里举行。"老者一直在解说着，"……特殊的节日军团，为国家节日而服务……全国最大的管乐团，那是多么棒的乐团呀！……"

我们稍作停留，又被寒风推向了广场中央，这里已经没有检阅台了。"请站到这上面。"他指着附近的一个有形的物体说，这是一个铁皮垃圾桶。我爬了上去，把大衣扣好，因为风把它吹得衣襟乱摆。下面是少尉黑色的身影，手擎还未展开的、像支长矛似的军旗。

175

"那么,我们开始!"他喊道。他的声音里颤抖着幸福。"多亏了您,我将能再一次参加游行阅兵,再一次站到队列中。这可能将是我最后一次游行阅兵了。"

"哎呀,请您别这么说。"我礼貌地表示反对。风猛烈地刮着。

他立正站好,高声对自己喊道:

"集合!"

他走远了。

只剩下我一个人。我面前是空荡无人的中央广场。身处孤独中的我开始思考,我陷入了一种多么愚蠢的境况。时间一分一秒地流逝过去,我站在高高的垃圾桶上很难保持身体平衡。

突然,从左边吹来的风声中夹杂着听不太清的叫声,就像在低语:"左、左、三、四、左!……"

在昏暗的灯光下,第五军团的少尉出现了。在他上方飘扬着展开的军旗,他疲软的胳膊举着的旗杆,被风吹得摇摆不定。

他走近了,迈着阅兵的步伐。他的脚笨拙而可笑地抬得高高的,有节奏地踏落到柏油路面上,发出的回声并不比孩子拳头的攻击强烈多少。

"领袖万岁!乌啦!乌啦!乌啦!"

风把老者的呼喊淹没,又吹散在空阔的广场上。

"领袖!领袖!领袖!"

当他走到离我只有几步远时,抬起了头,用假声高呼:

"向右……看!……"

然后他在我面前又走过三次,同时把金狮口衔"5"字的军旗倾斜下来。

我一只手抓住大衣的下摆,另一只手缓缓举到耳罩位置行了军礼。

怀疑论者

因此你们说，在其他行星上也有人类？也许有，可最终他们肯定得在某处生存呀。但我不相信这个。我读过关于天文学的书。你们看，今天这雨下得没完没了……我也读过关于星云、火球之类的书。人类哪能忍受这样的生存条件？不，这不可能。

火星上有运河？我同意，能建造它的不可能是什么别的东西，只有能够思维的生物才行。而有思维的生物，当然不会是狗或者猫，只能是人类。但又有谁在那里见到过人类呢？这从根本上能是真的吗？

应该在雨水槽下面接个桶，可惜了那些雨水。

还有一件事，学者有更强有力的论据：整个宇宙都是由同一种物质构成的。他们能把人当原材料做出摩托车或者唇膏。这已经是更为重要的事情了。如果摩托车和唇膏可以出现在地球上，也同样应该存在于太空。但这也无法得出在其他行星上也有人类的结论。

我很好奇，今天的天气会不会放晴。我们昨天的夕阳是多么美啊。

飞碟？是的，我听说过。但没有证据证明，绝对没有。

我觉得天会放晴的。

什么？真的吗？不，关于这个我还不知道！所以这就是事实？！

哦，哦……那么，就算在其他星球上还是生活着有思维的生物……

哦，呵呵。

但是它们为什么要活着呢？

围城记事

城市被围困了。周围的农民无法穿越进城的关卡，因此乳制品和鸡蛋的价格暴涨。市政厅前面架着大炮。机关的看门人用兔爪皮和羽毛掸子仔细地擦拭着。有人建议用湿的东西擦大炮。可有谁会在战火连天的情况下听从这样的建议呢？每个从城市匆匆走过的人看到这门大炮，都会心神不宁。不止一个人会耸耸肩，心想："人们连皮鞋都顾不上擦了，而这里却……"因为害怕告密者，只能就势假装后背瘙痒，抬高肩膀，在肩胛骨之间挠来挠去，就像什么都没发生一样。

而这对于我来说，却没什么可难受的。我被自己命运的局限性束缚在自己的小屋里，捆绑在自己的城市中。我知道，我既当不上元帅也不会成为伯爵。而住在楼梯下的"老家伙"感到无比高兴。他一生都自诩是个神枪手。他将有机会表现自己百发百中的能耐。从早晨开始他就在擦自己的钢框眼镜，他有结膜炎。

下午，从朝向郊区敞开的大门外射来一颗小小的流弹，打死了鱼缸里的两条鱼。尽管事情不大，但还是有人决定组织一场示威性的葬礼。在大教堂，环绕黑色的灵柩，蜡烛燃烧了一夜。在棺材里躺着两条银色的小鱼，要把腰弯得很低，才能在如深渊般的黑色棺箱里看到它们的存在。后来，拉灵车的六匹马因为没有感到任何重量，一次又一次拉起灵车快跑又止步。负责葬礼的全权人士努力向它们解释，说城市的利益要求它们迈出庄严而悲痛的脚步。马车夫偷偷打了马的鼻孔，这一招才奏了效。大主教站在墓前，发表了热情洋溢的悼词，然而他被自己的长袍绊了一跤，跌落到墓穴里。有人竟误把他给埋了，因为没有人注意到他的消失，尽管所有人都是一脸全神贯注的样子。不过还是有人立刻把主教挖了出来，掘墓人不得不向他道歉。主教的情绪糟透了。然而在这场葬礼之后，民众对敌人的仇恨明显增强了。

这一天"老家伙"在黄昏时分射中了点煤气灯的住宅管理员。他解释说，这是由于光线太暗的缘故，因为当时他是直接朝敌人精确瞄准的。他发誓，他的结膜炎很快就会痊愈。

夜里，我们房子的地窖传来一声巨响。肇事者是家中自制的发酵葡萄酒瓶子，因为密封不好而发生了爆炸。我们立刻设置了防御工事。

当我们所有人因为这个事故都跑到地窖一窥究竟时，我发现女邻居穿的睡衣图案让人联想到秋天凋零的树叶。我将这个想法告诉了她。我们立刻想到了秋天，这让我们悲从中来。所有人都回去睡觉了，只有我们两个坐在通向院子和花园的后楼梯上。我们一起抱怨这令人哀伤的季节。突然之间我想到，自己有一床绘有可爱的春天小花图案的被子。我把这床被子抱来，披在了女邻居的身上，我们立刻感到快乐多了。

清晨发生了一件大事。一位爱国者吃早饭时，在咖啡里发现了鱼雷。他立刻报告了。有人倒掉了咖啡。有人建议称，咖啡只能拿吸管喝。尤其是自此之后，酸奶里开始埋有地雷了。这是我们的对抗行动。

报纸上呼吁我们增强力量，呼吁我们采取行动，而且说这将带来荣誉和职衔的晋升。"家家都能出将军！"这是每日的口号。我响应号召拼命用力，结果吊裤带一下子绷断了。我家的女房东抱怨道："我要将军干吗！鞋都不会擦，帽子也不知道摘……"在离我们家三条街远的橱窗里，展示着将军模特儿。那里大概还能买到熏鲱鱼。但我不能穿着断了吊带的裤子出门。

我尝试读读书，但是我窗户对面安置了那个"老家伙"，他正欢欣鼓舞自己终于有了用武之地。第一发子弹打碎了我的灯，把我吓得钻到了沙发下面，在那里我可以相对安全地读书。我在读《航海家辛巴达》。但是有一刻我在想，这实在不是一本适合此时此刻阅读的书。我匍匐着爬到书架那里，取下一本已经发黄的书：《吸压泵在公共设施中的胜利游行》,子弹又击中了沙发的弹簧,发出余音绕梁的颤音。

中午前后,"老家伙"的弹药用尽,大概去了眼镜店。女房东带回来消息说,有人在查收照相馆里所有带胡子男人的照片。对于"为什么?"的问题,女房东也无法回答。她给我修补了吊裤带。然而这个消息并未给我带来平静。我刚刚读的关于泵的书,激发了我调查的想法。我给自己整了一副假胡子上了街。已经走到了街角,有两个战地宪兵抓住了我,带我到照相馆拍了一张照片,冲洗出来之后,又立刻把照片没收了。

这一夜我们又无法入眠,因为楼下有装甲车不停驶过,还有人对在这个时刻出来游荡的猫进行身份检查。大概只有一只猫有身份证,但还是被带走了。一只普通的猫,竟然莫名其妙会有真正的身份证——这必须引起极大的怀疑。

女邻居今天穿着绿色花点儿的裙子出门进了城。有三十个人从一大早就开始将闪亮的市政厅圆屋顶漆成黑色。圆屋顶即使在阳光不那么明媚的日子里都熠熠闪光,但是围困就是围困,我们别无选择。我亲眼见到一个画师从倾斜的屋顶上掉到街上,摔断了腿。

当人们把他抬起来时,他高喊着:"为了祖国!"此时,我还看到一位从这里经过的公民夺过另一位路人的拐棍,把自己的腿也当场打断了。

"我也想!"他喊着,"我不能落在后面!"

这喊声进一步激发了他自己的爱国豪情,他附带把自己的眼镜也给摔碎了。

从今天起,马戏团只能上演爱国的剧目,但这还不是全部。

我所住的看门人家里已经开始了因食物短缺而引发的典型恐慌。我回家时,路过敞开的地下室窗户,听到看门人对儿子说:"如果你再不乖,爸爸就把你的午饭吃掉。"

声音中充满了难以抑制的贪婪。我耸耸肩。这个父亲为何不直接说"我饿"呢?儿子一定可以理解的。这种虚伪让我深感愤慨。

女房东跟我打过招呼,并告诉我新消息:"您知道吗,今年不会有圣诞节了,圣诞树要用作构筑街垒的材料。"

"哈,您不必担心没有圣诞树,"我打断了她的话,"可以把圣诞彩球挂在芦笋上。"

"挂在芦笋上?我亲爱的耶稣!"她惊讶地叫喊道,"您以前见到谁这样做过吗?"

"没办法,女士,挂在芦笋上总比哪里都不挂好吧。"

她考虑了一会儿。

"是的,您有道理。"她说道,"但是如果芦笋也被拿去修筑街垒了呢?"

对此我真不知该如何回答了。充当邮局员的德国腊肠狗们在街道上奔跑着，很明显，又发生了什么事。

第一次总参谋部会议。大概对如何使用我看到过的在市政厅前面的大炮，出现了意见分歧。虽然所有人都同意应该用它向敌人开炮，但有一批人希望在国庆节时开炮，而另一批人希望在宗教节日时开炮。由此又产生了一个中心委员会，它认为最好的出路是再设定一个新的国庆节，让这一天恰巧赶上某个宗教节日。左派立刻分裂成两个阵营。一个阵营建议接受中心委员会的修改意见，而另一个阵营立刻对此意见表示反对，将其视为机会主义的表现。很快极端左派又分裂成两派，一派要求颁布谴责和决裂的法案，另一派建议只是在内部以非正式的形式做隐晦的警告。同意在宗教节日开炮的那批人中也同样根据对中心委员会建议的不同看法分成了几派，各派的立场又各不相同。

下午我的吊裤带再次绷断了。我已经不好意思再求女房东帮忙修了。这个女人最终有权拥有自己的生活。于是我坐在家里，开始做《吸压泵在公共设施中的胜利游行》的读书笔记。

晚上我感到了疲惫。我想，在一番紧张的脑力工作之后我应该有点什么娱乐。街道的黑暗鼓励了我，放炮工还躺在医院。五步远的距离看不到我绷开的吊裤带。我溜到了小酒馆，在那里的吧台旁我认识了一个可爱的人，他是我们那门大炮的炮手。他跟我透露说，自己根本不懂怎么开炮，他原来是从事养蚕的，是在分派任务时有人搞错了。而我一边端杯子往嘴上送,一边还要用左手提着裤子。

时间过得飞快,我们很快就真诚地拥抱在一起。可惜,我不能像他拥抱我那样用双手拥抱他。我担心他会认为我是个冷漠而居心叵测的人。我从墙根儿爬行着回家,因为患眼疾的近视"老家伙"的子弹在空荡的街道上呼啸着。

我发现,女房东用钩子把屋门从里面锁上了。我犹豫不决地在花园里转悠,打量着窗户。其中有几扇窗还透出灯光,其中就有女邻居的窗户,可以看到她穿得很薄,冻得瑟瑟发抖。我难过得几乎要哭出来了。怎么可以这样不在意自己?

我睡得太晚,所以一觉睡到了中午。中午传来两个重要的新消息。第一个:总参谋部召开第二次会议,会上中心委员会开始分裂,其成员各自对两个极端左派、左派和三个从右翼分裂出来的派别的观点持有不同的态度。第二个:在市政厅举行了庆典。我们的"老家伙"因为与敌人进行了自发而警觉的斗争,获得了荣誉勋章,还得到了一把带望远镜的来复枪。我立刻跑到药店,装备好了碘酒和纱布,我要从现在开始一直把这些东西带在身上。然而事情并非没有什么小小丑闻就平静地过去。近视的"老家伙"把奖章挂倒了,提醒他注意却招来开火的回报。他大喊着绝不会放走任何一个敌人,就跑进城去了。表彰激发了他的牺牲精神。在这个人身上充满了多么高尚意愿和炽烈的热情啊!

然而城市的生活折磨得我苦不堪言。我认为,该是出去野餐的时候了。躺在某一片草地上,头顶上只有缓慢飘过的云朵。天气能一直保持这样好吗?我的上帝呀,在我的城市有这么多漂亮的教堂和纪念碑。一年的四季奇妙地变换着,如同大自然自己为我们关注着这场持续上演的长剧而巧妙地变换着装饰布景。我敢肯定,假如出了城墙,在防御工事尽头的某处,向南可以看到一望无际的世界。还有什么比在夏日的清晨五点站到大海的岸边远眺,再登船出发向南驶去,一直向南更美的事吗?一定还有,正是这种确定性驱使我们雀跃,漫游得越来越远、越来越远。当然,我不过是这么想想罢了。我缺少一条好的吊裤带,这让我越来越难以忍受。我缺乏生活实践能力,令我无法自己解决这个问题,又羞于向别人求助。除此之外,总是不时地出现新状况。官方发布公告说,最终明天将向敌人开炮。

这一行动带来无数措施与忙乱。其中一个指令提醒,每个人都应该努力为自己准备一顶头盔,便于在被围困的下一阶段戴着它出行,尤其是在开炮的日子里。这又带来了一阵忙乱。女房东拆缝着什么,然后戴着一顶毡布头盔进了我的房间,这是用她小时候上学时戴的一顶贝雷帽改做的。小贝雷帽是从阁楼的箱子里翻出来的,还散发着樟脑球的气味。

"还行吗？"她不确定地问道，有点羞怯的样子。

这让我有些吃惊，因为她所有的准备行动都一反常态进行得如此安静，她通常都是一边大声抱怨，发着牢骚，一边做的，每当要完成政府指令时，她总是先告知我。

"很好。"我回答道，"您戴着它看着非常年轻。只是，您知道，它有点不太够坚固。头盔应该是坚硬的。"

"我能怎么办呢？我已经尽我所能缝成这样了。"她担心地说。

"我指的不是这个，"我试着温和地提醒她，"您知道，它是用于万一有情况……您可能有块铁皮什么的吧，哪怕是个烤盘，或者某个旧的、不需要的茶壶……"

而我用最简单的办法搞定。她走后，我把芦笋从花盆中拔出，把花盆扣在脑袋上。我确实也没指望这个玩艺儿能挡住哪怕是流弹碎片，我只是想在检查时不会有麻烦。只是有那么一会儿，我想到，如果圣诞节真的需要芦笋怎么办。

晚上，我想在这忙碌准备了一天后稍作放松，我成功地在墓地里溜达了一下。在那里我的确获得了我所期待的平静与安宁，这舒缓了我走过满是激动不安、戴着头盔的人群的街道之后的焦躁。所有人都很匆忙，渴望在明天节日到来前完成采购，因为明天商店就不开门了。我慢慢地沿着主道走着，碰到了还未完工的墓碑，它就立在围困第一天牺牲的那两条小鱼的壮观的墓前。我习惯性地称它们为"小鱼",尽管这与墓碑上镌刻的内容不一致。我在这儿出乎意料地碰到了女邻居,她显然跟我一样,想从喧闹与混乱中逃脱一会儿。她的头发从用瓦楞铁皮做的小头盔下滑落下来。羞怯笼罩着我。

"多么静呀!"我站在她面前说道。

"真静呀!"她附和道。

"明天就开炮了。"

"是的,据说是。"

她拿出小镜子,整理了一下自己的头盔。

没能成功地开炮。女房东带给我这个消息,因为官方的公告还没有下发。我想到了我认识的那个炮手所说的真相,这里应该也没有他什么错。当然也完全可能是由于别的原因。人们对此事议论纷纷。而我却沉浸在另一件事中,我在琢磨如何才能去郊游。要知道,这段时间由于吊裤带的原因我白天都是不出门的。我向女房东解释说,我腿疼,而且有很多工作。我让她看我摊在桌子上的《吸压泵在公共设施中的胜利游行》和读书笔记。独自的郊游会发生什么呢?我本打算到城郊去,这样就不会碰到任何人了,而且我计划傍晚时分再动身。在开炮日的晚上我没有出家门,我放弃了出游的计划和梦想。我关掉灯,在窗边站了很久。

第二天我醒来时,听到女房东在厨房里哭。我躺在床上惊讶了一会儿，努力去想是什么事情会令她如此伤心，但这完全是一场徒劳。她递给我的除了早餐——我应该带走的三明治之外，还有一份报纸。她把这些放到桌子上就啜泣着跑了。在报纸的头版出现了我的照片，还有公告：不管过去还是现在一直都对全体人民有罪的是——我。

这一切带给我的惊讶比我预想的要小一些。而且最终又怎么能完全确定，真的不是我对不起所有人呢？我没有出门，但这次我暗喜不是由于坏了的裤带的原因。如果所有人都确信，我对大家是有罪的，那么我出现在人们面前一定感到很不舒服。

很可惜，我愉快的野餐计划被粉碎了。当我从房子里走出来时，我跟平时一样，一手提着裤子，另一手伸向看门人。我所有的书，不管是《航海家辛巴达》还是《吸压泵在公共设施中的胜利游行》都留给了女房东。她请我时不时地给她来封信。我很高兴，此时天色已经暗下来了。巡夜人还没有康复。我走到院子里，希望能从窗户看到女邻居。我没能看到她，只听到她在跟什么人谈话。从声音我听出来是我认识的那位炮手。我向南走去。我真的爱我的城市。城墙的石头在经过炎热的一天之后散发出柔和的、浓郁的暖意。我总是惊叹于真正的建筑、所有充满智慧而简单的一切，那些天然呈现的东西，那些自然反映出的宏伟而美丽的东西。因此我尽可能愉快地活着。

我打量着久已荒废的古城堡周围。我走向它古旧但依然高耸的城墙，那里长满了第二茬收割前繁茂的青草。街道的嘈杂声已在我身后安静了下来，我冒险地在静寂的堡垒中行进，岁月把它雕琢成了圆形的土丘。战争从中流走了，留下田园诗般、无法褪去的某种不安的小圆丘。令我愉快的是，如我所料想的那样，路上没有什么人注意我，我可以无需拘谨地一只手提着裤子，另一只手拿着三明治。

我在快速行军后感到有些疲惫，于是在两堵平行的高堤中间的谷地里坐了一会儿，高堤绵延到远方。我在这条谷地上已经走了很久，现在我只能看到头顶那一条狭长的天空。我望向天空，注意到一个特别显眼的、正在擦拭卡宾枪的人影，胸前装饰着银光闪闪的奖章。那里还是阳光明媚，而我所在的沟壑里已经布满了深蓝色的阴影。

这当然是得了结膜炎的"老家伙"，他在如此执着地追猎着敌人。现在他显然在城市的四周边缘巡弋着，无眠无休地自愿地搜猎着。对他持久激情的赞叹令他兴奋不已，但这让我感到害怕——尽管他被最高尚的目的所激发，但这位有缺陷的好人可能会走火呀。

所幸他没有看到我。我努力不发出任何沙沙声，蹑手蹑脚地沿着谷底走着。很快我就把他甩在身后了。我本可以极快地飞奔，但我一直提着的快要掉下来的裤子阻碍了我。如果裤带不坏的话该有多好呀。可笑的顾忌到现在还在困扰着我，要知道在这谷底我完全是一个人，我会在谁面前感到害羞呢?

然后他还是开枪了。我已经躺在草地上，脸冲地，感到我的心跳得空洞、沉闷和愚蠢。

希　望

有一次我收到了一封信。要不是这封信内容奇特也就没有什么可说的了。准确地说，是没有内容。我像平常一样撕开信封，抽出一张白纸，一张地地道道的白纸，不论是正面还是反面一个字也没写。信封上只有我的地址，没有发信人的地址，此外就是有名的地方的邮政局的邮戳。是什么人马大哈还是开了个愚蠢的玩笑。

几天过后我又收到同样一份邮件，"这大概不是马大哈，而是愚蠢的玩笑了。"我带着不快的心情这么想，同时把信扔进了废纸篓。那种有意表示轻蔑、优越和距离的姿态立刻使我感到怀疑。我这样做是反对谁呢？要知道发信人，玩笑的作者并不在房间里，他不可能成为示威的见证人。因此，那个姿态是用来满足我自己内心的需要，显然由于我不适时的好奇在灵魂深处感到自己受到了嘲笑。我感到委屈，因为有人欺骗了我。因为我竟被人欺骗，觉得沮丧。

我决心再也不拆这样的信件。但是，如果事先不拆开，又怎能确定是一封这样的还是一封普通信呢？大部分信件一般都是装在一模一样的不透明的信封里寄来的。

"我将根据邮戳上的地名辨认出来。"我心里思忖。

但是那个地方是个相当大的城市。兴许真有那么一个人，真想对我说点什么而从那里给我写上一封信呢。因为一个爱开玩笑的小丑而割断了同世界的联系至少是不明智的。

这样我又一连收到三封白纸信，每一次我都体验到同样的侮辱和失望。我们大家也都知道，当我们从邮递员手中拿到一封尚不知内容，然而在许多人中只为我们写的信件，那一刻会给人带来多大的欢乐。也许会出现这样的情况，那就是有人故意用这种粗暴的方式使我抛弃一切好奇和期待，可这样一来也就剥夺了我生活的意义，也就是杀了我。杀了我却给我留下这活的躯壳，也就逃避了审讯和惩罚。

受了刺激的我，一遇机会就去了那座城市。我估计也许能碰到一些熟人，他们会因自己的行为，面部表情、一举一动或言语上的难以自制而露出马脚，承认他们是写那些折磨人的信件的人。我没有告诉任何人就去实施自己的计划。

到了车站，火车刚停稳，我就疑惑地朝月台张望，似乎在旅行的人群中——当然不一定非是这个城市的居民不可——混进了那位迫害者。到了旅馆，我刚去办登记手续，门房一听见我的姓氏，就说:"这儿有件东西给您。"同时伸手从挡板中取出一封信。我本能地把那封信拆开了,因为难以预料,我拿到的是否又是一张白纸。果真又是一张白纸。

"我受到了监视。"我立刻就想到了这一点。信是从我在几个小时之前离开的那个地方寄出的。

没什么。日期和邮戳都可以伪造。可是,别人怎么知道我要到这里来呢?门房肯定地说,这封信昨天就在这儿等着我了。没有退回去,是认为我认识寄信人,是我自己把将要逗留的旅馆地址告诉了他。再说也不知道寄信者是谁。

门房也有可能跟他们勾结在一起。这样复杂的行动往往需要几个人进行。再也不能考虑是开玩笑了。开个玩笑怎么花费这样大的力气和这样工于心计呢?不是玩笑,又是什么?这天晚上在回程的火车上我就在寻找这个问题的答案。以后一连几天我都在思考。我是这样推论的,如果排除玩笑一说,那么认为这种信毫无意义,本身只是一种手段而没有目的的可能性就随之消失。于是我就得回到原来的看法,即:每张白纸都包含某种特定的内容,就写信人的意图讲,每张白纸的内容都不一样。隐形墨水!只有在相应的化学成分的作用下才能显出密写的字来!我吓了一跳。可是,实验室检验确凿无疑,这只是一些白纸,什么也没有。

可无论如何总该隐藏着某种内容。破解它的一切尝试既然都已失败，那就应该通过探讨寄信人可能有的心理动机，来确定这些信的性质。

是胆怯的爱情表白？不错！兴许有这么一位我从不认识的妇女既想向我表白，又羞于言辞，只好给我寄来那些意味深长的白纸。感情和体面之间的妥协采取了留空待填的方式。这一发现使我十分高兴。我给自己买了一条新领带，两天之内刮胡子的时候都哼着曲子。对那位不相识的妇女我感到有某种善意的宽容。虽说有些难为情，但情绪很好。"可怜的小东西……"我带着一种狡猾而体面的微笑想道，"胆小而又狂热，其中蕴藏着多少魅力。"

小东西？我迟疑了，不，一个掌握着这样的手段，也许还掌握着一个完整组织的人，是不应得到这样的称呼的。这是一位贵妇人，说不定还是国际范围的贵妇。这样一来事情就更不一般！那该是何等炙热的感情击中了一位如此不凡的妇女，把她变成了一个寄宿学校的女学生。我还得给自己买双雨鞋。

随着我收到以后的几封空白的信，这种欢乐的情绪渐渐烟消云散，直至无影无踪。这样的调情坚持得太久了，使人不得不怀疑，它压根儿就不是情感问题。即便是一个最胆怯的少女，充其量只能给自己的情人寄上一两张这样的白纸，便会按捺不住要在第三封信里做些暗示的表白。那时我便产生了完全是另一种性质的猜想。

恐吓！寄信的人要求赎金。寄来无字白纸这个事实，就说明了恶人的狡猾、诡谲和谨慎。这不是随便什么诸如"您要是不把这样或那样一笔款子放在某某地方，就……"之类原始的、愚蠢的恫吓。显然我是遇上了老奸巨猾的匪帮头子，他是不会让人抓住的。良好的自我感受退缩了。出现了恐惧。

每天晚上我都把门堵得严严实实。可我已经意识到，这样下去长不了。我开始成了自己谵妄的牺牲品。倘若我再不清醒地考虑一切，再不采取相应的步骤，谁知还能在这些无言的信件中找到什么别的意义。

首先应当摆脱它们一段时间。啊，如果在以后的那封信中能有点内容，哪怕只写上一句："你这个饭桶！"我也会立刻感到好过得多。我宁可接受侮辱，只要是有声有形的侮辱。

那些信什么也没有说，但由于它本身的性质，迫使我去猜测那种我无法猜透的东西。因为那些信中总有某种信息，也许是委托，也许是召唤，也许是对我有所求，有所期待，有所渴望，而我却不能做出反应，我感到有罪。没有限制的责任，没有命令的强迫——这是非常折磨人的。

我满心欢喜地接受了参加打野鸭子活动的邀请。这次打猎是到我国最偏远的地方一个很大的沼泽地中央进行。在这个面积相当于一个大省份的地区只能靠小船通行。这种充满了艰险和激情的生活对我非常合适，特别是那儿没有任何邮局。

我们隐蔽在一个小岛上，夕阳西下的时候，水鸟成群结队地飞来。我们的向导是熟知鸟类习性的专家，他手搭凉棚朝天上瞭望。

"奇怪，"他终于说道，"左边，倒数第二的那只鸟，要是野鸭子，我可以砍下我自己的脑袋。"

我集中视力，但怎么也赶不上神枪手那老鹰似的观测力。我抓起望远镜，对准鸟群望去，左边倒数第二飞的是一只信鸽。

我不失时机将望远镜换成了鸟枪，使出浑身解数，放了一枪。鸽子从鸟群中跌落下来，在空中打了几个滚，掉进了湖水中，离小岛还有一段距离。受惊的野鸭改变了飞行的方向，从视野中消失了。由于那提早了的射击破坏了全部狩猎部署，同伴们都大声咒骂起来。

太阳已经西沉，岸边传来哗哗的水声，芦苇丛轻轻摆动，我那忠实的猎狗嘴巴上叼着死信鸽。我朝船的方向爬了几步。

"嗨！这是给你的！"伙伴们叫喊着，手上摇着一个蓝色的信封。装在漆布袋子里才没有被水打湿。

我装着要看信，就独自走到岸边。是的，这正是原先那种信封。我太熟悉信封上写地址的字体了，怎么也不会受希望的迷惑！我没有拆就撕成了碎片，撒在芦苇里。

天几乎全黑了。我们躺在燃起的篝火旁。

"有什么要紧的事吗？"伙伴们问。

"呃，没有。"我回答。忽然意识到，我这是撒谎还是真话？我跳起来，跑到岸边；我走进水里，涉水前进，水淹到了我的腰部也毫不在意，只是拼命用手去分开芦苇。已经晚了。天色越来越暗，那些纸片泡软了，或沉了底，或被湖水的波浪卷走，或缠到了水草的根上。

算了吧，信封里也许什么也没有，肯定没有……为什么唯独这一次会有点什么内容呢？

什么也没有。

如果有呢？

野　营

这是一个犯罪故事。

我觉得受到了威胁。恐惧一直和我形影不离。我害怕所有的人。

我是那样强烈地渴望一种安全感，以致求个避难所的想法渐渐变成了一种痴狂。

作为一个自由人并不为拥有这一特权而感到丝毫的愉快。我对遇见的每个人能期待些什么呢？他们挨个儿出现在我面前，但不袒露自己真正的意图。这样一来更增加了我的不安。每次跟人见面我都揣着一颗战栗的抽搐的心。比方说，我站在街心公园，远远看到有人向我走来，满脸堆笑，似乎很乐意见到我，甚至已经伸出了右手，刹那间，我还抱有一线希望，也许他会扭头回身，对我视而不见，让我独自平静地待在公园里。可每次我的希望都落了空，每次都要见面，握手，交谈，每次我都要去适应那难堪，而我头顶上总是悬着沉沉的威胁，使我眼前一片黑暗，虽说那天天气很好，阳光灿烂。

跑到一个荒无人烟的地方去吗？这样做会更糟糕。不能去。若是到了一个无人处所，我会成天惴惴不安地盼望，会不会有什么人突然出现在我面前？

危险从四面八方向我袭来，终于使我无法忍受。

我买了一顶帐篷和一些野营不可缺少的器具，我背着这些东西走进了警察局。我在离柱形栏杆不远的守卫室里找到一个角落，支起了我的帐篷，过起了野营的日子。栏杆外边有一名值班军士日夜站岗。房间里很憋闷，地板上满是泥泞和吸满尘土的油腻，散发出一股臭气。窗口朝着一堵大墙。即使是白天这儿也很昏暗，晚上一个没有灯罩的电灯泡射出苍白的光亮，照出了棕褐色的墙上斑驳的污迹。在分隔守卫的隔栅之间我总能看到军士的沾满尘土的皮鞋，左脚的鞋后跟比右脚的磨损得更厉害。然而，我在这儿第一次体验到了安全、被照顾和平静。

在大街上，哪怕是在警察局附近，哪怕是在警察局的台阶上，任何一个人都可能偷我东西，扇我的耳光，把我绊倒在地。那时即便是我喊警察又能怎样？即便是警察能及时赶到，抓住了攻击我的人那有怎样？总不如在这里。在这里我终于可以休息一下，松弛一下我紧张的神经，恢复自我。

形形色色的人被带进守卫室来。倘若在别的什么地方见到这些人我准会吓得魂不附体。那是些小偷、醉鬼、流氓、冒险家，一个个膀大腰圆。只有在这儿我才不害怕他们，他们被逮住了，失去了自由。更加有趣的是，我喜欢看到他们，从他们身上吸取莫名的快感。

不止一次在晚上，我望着他们在长凳上坐成一排，等候审讯，我发现他们也注意到我整洁的小帐篷，眼里流露出痛苦的表情。当他们看到我的花毛毯、闪光的小锅、塑料杯子，看到我这种显示着健康、安闲、清洁卫生的生活方式，那一张张打下了犯罪的烙印、缺乏自制的面孔表现出的是一种怎样的情感啊！是仇恨，职业的贪婪，狂暴的、破坏性的而今已不能为害的力量的折磨。我常常躺在充气垫子上，枕着洁白的枕头，一连几个钟头望着他们。一种不守本分的思想占据了我的心。这是一种在虚假的官方威力保护下的弱者的残忍。

后来竟然发展到了这种程度，有时见到警察们无所事事地闲待着，我就感到非常失望，而且急切地盼望着每一个从星期六到星期天的夜晚的到来。那时整间房子里，从这边墙到那边墙都挤满了，而我却像个旅游者那样用一个金属的卵状漏匙悠闲自得地冲上一杯茶——就在那些有着强烈的贪欲的人的脚边。他们这些人是被夜的狂涛恶浪从什么地方，从埋伏在守卫室安适的大墙外边的城市的渊薮里抛到这儿来的。要知道，他们是一群罪犯。

就在这样的一个夜晚，警察带来了一个面目特别狰狞的醉醺醺的男人，猴子脸，宽肩膀，眼睛深陷在低垂的额头下。片刻之前他刚杀死过人。

"我是无罪的。"审讯一开始他就说。

"是吗？"军士回答，"既然如此，你能不能告诉我们，是谁杀的？"

"他！"罪犯说，同时用手指着我，"他！"

他的指控当然是荒诞的。我心想，警察对此恐怕是再清楚不过的了。

当那杀人犯被带进来的时候，我正在开一个果酱罐头。我的上帝，倘若相信每一个杀人犯的话，那将导致怎样的结果！

"他，是他！"那个人在牢房里叫喊。

"我出去方便一下，马上就回来。"我对军士说。

我偷偷溜到走廊里。发现外面没有岗哨不觉松了一口气。我抛弃了自己辛辛苦苦搭好的帐篷，溜之大吉。

我逃进了黑暗之中，迎着潮湿的风和摇晃的街灯。

青年时代的回忆

我是由于一个意想不到的偶然机会成了这件事的见证人。这件事曾轰动一时，后来也就慢慢平息了。

当时我们还是个小小的农业技术员，上司经常把我派到一些偏僻的地方去。说来也巧，这年深秋我被派到 D 县去丈量土地。记得当时我心里老大不愿意，似乎预感到有某种不平凡的经历在等待着我，可是又不得不去。经受了三天旅途劳顿之后，我到了 D 县首府 R 市。从这里再要往前走就得雇马车。为此，我走进了一家客店，只有在那儿才能最容易打听到车。

我要去丈量的那份地产，过去属于一位伯爵，今天已属于国家，也就是属于人民。我走到客店，询问站在那儿的一群赶车人，是否有人要去 Z 地，正好有个农民，他长着一副狐狸的面孔，没有讨价就同意用他的四轮大车把我捎去。我们刚达成协议，原先独自坐在窗边的人便站起身来，走到我跟前。他一身大城市打扮，很讲究，长头发像个艺术家，额头光洁。他很有礼貌地问我，是否能够跟我坐一辆大车。他也是远道而来,也要到Z地去;他独自一人,在县里人生地不熟,一点办法也没有,连大车也不会雇。当时我高兴地同意了,因为这位陌生人彬彬有礼,我心里充满了对他的敬重和好奇,再说一路上有个人做伴总比没有强。狡猾的赶车人也没有二话。当那陌生人往他面前一站,他显然被那浑身的高贵气派给镇住了,慌了神,似乎失去了自信,只是把帽子捏在手上温顺地同意了我们原先讲定的价钱。站在门边的那群农民也不再吵嚷了,他们带着一种不由自主的尊敬给陌生人让出一条路来,一切都显得是那么奇怪,要知道这儿谁也不认识他呀!显然是他那双严肃的眼睛表露出的那种尊严和气质。

赶车人甚至一杯酒都没有喝完——更加不一般的是,他给我们铺了两个很厚的坐垫——便跳到车夫座上,扬鞭策马,上路了。

这时我们才按照礼仪进行了自我介绍,我这才知道,同行的是个何等人物。

也算是命运安排,使我有幸跟文学家协会的一位知名诗人同坐一辆大车。他不仅在国内享有盛誉,而且在国外也颇有名气。他不是个等闲之辈,不是个随便写点什么的人。啊,不是!只要看看他那使无心人都感到震惊的仪表和朝圣者的面孔,就知道他不同凡响。他的著名正是由于他不是为自己写作,而是为人民写作。我感到奇怪的是,他为什么要在这寒冷和阴雨连绵的季节跑去一个偏远的县，要知道，在首都他是享受着温暖舒适的环境和别人精心的照料的呀！我没敢问，但我的声调或眼神一定表露出了我的疑惑，因为他首先开口说：

"请原谅我这样开门见山，但是，请您告诉我，这个县偷盗的事是否闹得厉害？"

我回答说，我不是本地人，不过，看起来相当厉害。

"您知道，"作家说，"我到这里来，虽然是私人性质，但也像出公差。您是耕耘土地的农学家，而我则是耕耘人类灵魂的农学家。我特别关心工地的那个大农场，我们俩都是到那儿去的。明天我要向那里的人朗诵我的诗，使他们的劳动变得轻松点儿。同时，我也很想知道应该跟什么做斗争。"

我说，我很高兴，因为我也能听听，我在Z地的任务明天还结束不了。谈话到这儿也就告一段落，作家陷入了沉思，后来他只是时不时从口袋里掏出一张纸来，写着什么。

虽然我们抵达昔日的贵族府第门前时已经暮色苍茫，但我依然一眼便看出情况有点不妙，因为大门通道上的石板被人搬走了。农场主席，一个火红色头发的跛子，一边毕恭毕敬地迎接我们，一边抱怨收成不好。但是看得出来，他是当面撒谎。他又是搓手，又是挤眉弄眼，不久就给我们上了一道不带荤腥的稀汤。送汤的是一位饿得面黄肌瘦的妇女，她默默无言，后来才知道她原来是个哑巴。

然后我和作家走进一间客房,墙上的泥灰已经被刮去。还使我们出乎意料的是房间里只有一张床,另一张——上午还有两张床——被人搬走了。毫无办法,我只好把床让给了尊贵的客人,自己倒在屋角的一条厚毛毯上。我熟睡得像块石头,梦里觉得有人在抽我身下的毯子。但是,第二天早上醒来时我精神饱满,心情愉快。作家起床后却是沉默寡言,异常严肃,哑巴给我们送来的稀汤,他几乎没有动。工作等着我去完成,因此,我喝掉了我那份汤,抓起帽子就出门了。

这一天我完成的工作量不多,因为一开始我要丈量的那块地不知怎么不见了。它应该是在森林边上,我寻找了许久,后来才发现森林已经没有了,等我找到那块地,发现它比登记的面积要小得多。我不得不从头开始,我又累又气,因为这样一来活儿就多多了,而且量来量去总是对不上号。黄昏时分我回到了农场。

整幢大楼里已经是很热闹了,人们忙碌着,凡是年轻一点的人都在往文娱室搬不带靠背的长凳,甚至有人把过去从地板上拆下的三块木板重新搬回铺在文娱室的地上,为的是让作家脚下不致太凉。看得出来,主席已经通知了大家,说要举行隆重的文学晚会。

我见作家本人的情绪比早上还要低沉,神情也更严肃。他似乎是在等我,因为我刚脱下皮靴,他就从窗口转过身来,他本是望着窗外伐光了树木的果园残址的。这时他用一种沉痛的语调对我说：

"举办文学晚会对我来说并非第一次，但在这里，我觉得应该震撼一下人的良心。通常我只是朗读题为《通向光明的道路》的小说中的某一章。小说写的是一个高尚、纯洁的故事，因此，毫不奇怪，它总能唤起渴望，让人变得更加美好，若是遇到更艰难的环境，我便朗诵一些不仅能唤起渴望，同时又能使人振奋的诗，那些诗包含着更大的道德力量。今天那一切都不够，我得拿出从未使用过的武器，拿出点非常强烈的东西：散文诗，题目叫《庄严的鞭笞》，您以为如何？"

我不想吓唬他，因此，一边停止抠皮鞋底上的泥巴以示敬重，一边说：

"我是否能提个问题，您还带来了别的什么作品吗？"

"除此之外我只有格言。"

我站立着，低下了头。我的目光落到一只蟑螂上。我不想隐瞒自己的想法，便说：

"要是我，立刻就拿出那强烈的，还要加上格言。"

"您这样想……"他嗫嚅道，"您这样想……但是，我相信人。"

文娱室里已经济济一堂，就像每次开会的情况一样。作家进去的时候，大家向他点头致意，仿佛他有一副使徒的面孔。而他却拖拖拉拉，把稿纸一篇篇展开，然后才开始朗读。

听得出来，他是从诗歌开始。会场上愈来愈静，只是有时从哪个角落传来一声叹息，有如鸟之将死时发出的哀鸣。时至今日，当我回忆起这件事的时候，他的那些尖锐的词语仍在我的心坎上钻。那不是脱离生活的作品，啊，不是！那些诗直接命中人们的心灵，唤起人们渴望变得更好，渴望完善自己和周围的人，然后兼济天下。我看着文娱室，人们坐在那里一动不动地泥塑木雕一般，只是时不时传来一声哽咽。毋庸多说，我自己也感到不是滋味，仿佛良心上也有什么负担，尽管我不过是个路人。不过后来我毕竟摆脱了这种心境。作家朗诵结束了，大家还是那样坐着，像原先一样坐着，望着他，虽然有那么几个，尤其是妇女已经哭得泪人儿一般。是不是已经可以回家了呢？

但是，他突然发出了他那最强音。

我在长凳上调整了一下姿势。啊，这可不是闹着玩儿的！作品是写得如此匠心独具，从中射出如此高尚的精神，它执行了如此伟大的使命，它不仅唤起了人们的渴望和激情，简直是唤醒了人们的迫切要求——不是为个人，而是为社会福利。它像一把钳子，钳住了人的喉咙。此刻大厅里响起了一片唏嘘声。杂音越来越大，直到突然轰隆一声打断了他的朗读。所有的脑袋都朝向一个地方。这是农场会计倒在了地上，使劲地撞着自己的额头。"平衡表，平衡表！"他叫喊说，"过去三年我一直在伪造平衡表，我把公家的钱装进了自己的口袋，啊……啊……啊……"农场副主席跑到了他身边，从他那热泪纵横的脸上掰开他的双手，说道："兄弟，你不是一个人干的，是在我的指使下，为了我的利益，得到我的同意，你才犯罪的，是我有罪，是我有罪！"他拼命擂着自己的胸脯。

这是一个最后审判的日子。作家提高了嗓门，继续他那无情的朗读；受到鞭笞的犯罪者一个接着一个纷纷倒地。不时从各个角落响起人倒地的响声，传来一阵阵痛哭和哀嚎。会计师之后是副会计师，小一点的，软弱一点的农场干部纷纷缴械投降。有的偷了一棵庄稼，有的偷了一枚钉子，这个说他偷了鸡，那个说他偷了鹅，还有人喊叫着说他偷了一条狗，如今后悔不及，要求受惩罚。有人偷了门闩，要求用那门闩打他的脸。后来是大一点的、顽固的一点的干部，出来承认自己偷了牛，偷了马，偷了粮食，而我却一直在等待着会有人出来承认偷了那片地，这样我就可弄清那片地的面积应该是多少，我就可不用重新丈量，免去我好多辛苦。也有这样的人，他们在找自己的帽子，准备马上到派出所去自首。但是应该说，那诗的力量尚未能击败所有的人，有的人满脸通红或者是面色惨白，他们还在同自己较量，他们的眼睛里蒙上了一层泪水，但他们还在顽固地坚持，一次又一次地把自己内心高尚的冲动压了下去。但是看得出来，他们越来越力不从心，他们的自卫坚持不了多久，而长诗还远远看不到结尾，更何况我还知道，还有后备的格言。

在这大混乱中，我作为一个来去匆匆的过客，我的头脑比其他人要平静得多。我好奇地东张西望，不久我便看到，农场几位最有势力的要人，他们肯定是盗窃了森林、田地还有上帝才知道的什么奇怪的东西。他们都聚集在墙边，商量着什么。显然，朗诵也在他们身上打开了缺口，削弱了他们的锐气，但他们到底是具有一种超人的力量，有一颗顽固不化的脑袋，因为他们至今不仅什么也没有承认，反而聚在一起叽叽喳喳，似乎在商量对策。农场主席火红色的脑袋就在他们中间。

这时我的注意力分散了，因为有个老汉悲痛欲绝地倒在我脚下，嘟哝着什么长方木，说是在一个月夜他和侄儿马切依合伙偷走的，等我从这悔恨的老头儿身下抽出我的一只脚，揉了揉，就颇费了一会儿工夫。突然整个会场一声惊叫，我抬起了头，刹那间我还看到作家手捧那首长诗，一直在朗读，却有一个厚麻袋对着他的头罩了下去，接着电灯也灭了。我跳将起来，但是挨了重重的一击，于是我便陷入黑暗和虚无之中。先生们，你们想知道我年轻时代的那次奇遇后来发生了怎样的转折吗？唉，可以说，再普通不过了。我苏醒过来后，继续干我的活儿，虽然困难重重，我还是把那片地丈量清楚了。我先回到了 R 市，而后回到了我们省城。

至于说到那位作家，他是在三天之后才被人在远离农场的一棵柳树里发现的,在那个烂空了的树干里发现的。他的头上蒙着麻袋,双手被反拧到背后,被牢牢地捆了起来。他发出了呻吟,路过的驾车的马受了惊,神甫的助手这才在树洞里发现了他,把他带回教堂,给他念咒驱魔。据说,他从此完全变了个人,经常在一些地下室内走动。写一些忧伤的谁也看不懂的诗,对生活毫无影响的诗。

译后记

今年春节，久居广东的我打电话给远在北京的恩师易丽君教授拜年，通话中得知恩师在翻译波兰著名荒诞派作家斯瓦沃米尔·姆罗热克（1930—2013）的短篇小说。碰巧的是，我受另一家出版社之邀，也在翻译该作家的短篇小说集，而其中有一小部分与易老师正在翻译的集子有所重叠。易老师知悉后，盛邀我加入她那本的翻译工作中。这个难得的机会摆在面前，我立刻就应承了下来，开始了与恩师的一次愉快的合作。易老师已届耄耋之年，还一直笔耕不辍，这种对文学和翻译工作的热爱让我深深地感动。

让我和易老师都为之着迷的波兰作家姆罗热克不愧为真正的文学大师，不但是一位卓越的荒诞派代表作家，也是二十世纪波兰最重要的剧作家之一，同时还是一位出色的素描画家。姆罗热克的作品中充满了隐喻和讽刺，他善于运用夸张甚至极端的情节来揭露社会及周边所发生的丑恶现象。他的文学作品通常有着清晰的故事情节，故事发展往往给人一种出人意料、荒诞不经的感觉，但又符合故事发展的内在逻辑。在读者因幽默的语言和夸张荒唐的情节忍俊不禁的同时，故事中充满的对虚伪的人性、败坏的道德和社会阴暗面的隐喻又唤起人们的深思与反省。

姆罗热克的作品虽然对政治制度进行无情的揭露与讽刺，但并不针对某一历史事件，而是揭露具有普遍性的政治丑恶现象，因此往往能引起不同国家读者的共鸣。这部集子中的小说大多语言朴素直白，篇幅短小精悍，作家用幽默的笔调精彩地讲述基于现实、又融入他想象的小故事，有时仅寥寥几段话就揭示了深刻的哲理，寓意隽永，引人遐思。翻译得越多，越感到与这位文坛怪杰相见恨晚。除了易老师在上世纪八十年代曾在《世界文学》杂志刊载过他的八篇短篇小说译文之外，坊间再难觅到其他译作，实为憾事。这八篇短篇小说近几年来多次被各种杂志和短篇集子所转载，可见在中国读者中有着持久的吸引力。今日能够与恩师共同翻译并在国内出版第一部这位现实主义荒诞派大师的短篇小说集以飨读者，也算是聊表对他的敬意了。

在此也特别感谢波兰专家 Agnieszka Jasi ska，得益于她精深的拉丁文造诣，我和易老师再也无需抱怨姆罗热克在作品中爱炫拉丁文的"不良嗜好"了。

茅银辉

二〇一六年七月十四日于华沙

译者简介

易丽君

教授，1934 年生，湖北黄冈人。北京外国语大学教授、博士生导师。中国作协、译协会员，资深翻译家，北京高校名师。著有《波兰文学》《波兰战后文学史》《易丽君选集》，译有《先人祭》《塔杜施先生》《火与剑》《洪流》《太古和其他的时间》《白天的房子，夜晚的房子》《费尔迪杜凯》等。曾获波兰政府和波兰文化部、教育部、外交部授予的勋章及各种荣誉称号，并获波兰格但斯克大学荣誉博士学位及波兰"横渡大西洋"文学翻译大奖。

茅银辉

博士、教授、硕士生导师。广东外语外贸大学西方语言文化学院副院长兼波兰语系主任，国家教育部外语教学指导委员会非通用语分委员会委员，中国—中东欧国家智库交流与合作网络理事，波兰格但斯克大学学术期刊《东亚研究》编委，广外西方语言文化学院非通用语教学与研究中心主任、中东欧研究中心主任。从事波兰语教学与研究二十余年，主要研究方向为波兰文学及文化、中波关系、中东欧国别与区域研究等。发表中外文学术论文、文学译作二十余篇，有专著《艾丽查·奥热什科娃的女性观与创作中的女性问题研究》，及《波兰美术通史》《大象》《简短，但完整的故事》等译著多部。曾担任波兰克拉科夫孔子学院首任中方院长，多年来一直致力于中波两国的教育合作及文化交流。

短经典精选系列

走在蓝色的田野上
〔爱尔兰〕克莱尔·吉根 著 马爱农 译

爱,始于冬季
〔英〕西蒙·范·布伊 著 刘文韵 译

爱情半夜餐
〔法〕米歇尔·图尼埃 著 姚梦颖 译

隐秘的幸福
〔巴西〕克拉丽丝·李斯佩克朵 著 闵雪飞 译

雨后
〔爱尔兰〕威廉·特雷弗 著 管舒宁 译

闯入者
〔日〕安部公房 著 伏怡琳 译

星期天
〔法〕伊莱娜·内米洛夫斯基 著 黄荭 译

二十一个故事
〔英〕格雷厄姆·格林 著 李晨 张颖 译

我们飞
〔瑞士〕彼得·施塔姆 著 苏晓琴 译

时光匆匆老去
〔意〕安东尼奥·塔布齐 著 沈萼梅 译

不中用的狗
〔德〕海因里希·伯尔 著 刁承俊 译

俄罗斯套娃
〔阿根廷〕比奥伊·卡萨雷斯 著 魏然 译

避暑
〔智利〕何塞·多诺索 著 赵德明 译

四先生
〔葡〕贡萨洛·曼努埃尔·塔瓦雷斯 著 金文彰 译

房间里的阿尔及尔女人
〔阿尔及利亚〕阿西娅·吉巴尔 著 黄旭颖 译

拳头
〔意〕彼得罗·格罗西 著 陈英 译

烧船
〔日〕宫本辉 著 信誉 译

吃鸟的女孩
〔阿根廷〕萨曼塔·施维伯林 著 姚云青 译

幻之光
〔日〕宫本辉 著 林青华 译

家庭纽带
〔巴西〕克拉丽丝·李斯佩克朵 著 闵雪飞 译

绕颈之物
〔尼日利亚〕奇玛曼达·恩戈兹·阿迪契 著 文敏 译

迷宫
〔俄罗斯〕柳德米拉·彼得鲁舍夫斯卡娅 著 路雪莹 译

奇山飘香
〔美〕罗伯特·奥伦·巴特勒 著 胡向华 译

大象
〔波兰〕斯瓦沃米尔·姆罗热克 著 茅银辉 易丽君 译